光文社文庫

文庫書下ろし

生目《いきめ》の神さま

九十九字ふしぎ屋　商い中

霜島けい

光　文　社

この作品は光文社文庫のために書下ろされました。

目次

第一話

福の石

それは、るいが九十九字屋《つくもじや》に奉公するより前の話である。

「——こちらでは、その、所謂《いわゆる》いわくつきの品物を、商いとして引き取っていただけるとか」

その日、店にやって来たのは、亀井町《かめいちょう》東河岸《ひがしかし》で雑穀屋《ざっこくや》を営む千州《せんしゅう》屋の番頭だという男だった。

「これは福石というものだそうで」

市助《いちすけ》と名乗った初老の番頭は、九十九字屋の座敷でいかにもおそるおそる、持参した木箱から布に包《くる》まれた品を取りだした。真向かいの冬吾《とうご》の前に、そっとそれを押し出す。

「手前どもの主《あるじ》の五十兵衛《いそべえ》が、縁起物《えんぎもの》だというので大枚をはたいて手に入れた品にございます」

言ってから「わっ」と悲鳴のような声をあげたのは、目の前に置かれたそれを冬吾が無造作《むぞうさ》に摑《つか》み上げて、ためらいもせずに布を取り払ったからである。障《さわ》りがとか何とか、おろおろと口ごもる客にはおかまいなしに、冬吾は手にした品を目の高さに掲げて矯《た》めつ眇《すが》めつした。

品は大人の握り拳《こぶし》より一回り大きいくらいの、鞠《まり》のように丸い石だった。艶々《つやつや》とした白地の表面に、淡い緑色の筋が幾本も浮かびあがっている。まるで丹念に磨《みが》きこんだ玉《ぎょく》のようにも見えた。不思議なことに、掌《てのひら》に載せてもずしりとした手応えはない。見た目に反して、妙に軽いのだ。

「なるほど、これをうちに売りたいと言われる」

とっくりと石を観察した後に、冬吾はそれをもう一度布でくるんで、畳の上に戻した。

「ええ、はい。こちらで引き取っていただけるのでしたら、お代はけっこうでございます。ええ、主の五十兵衛からそう言いつかっておりますので」

「ほう。高値で買ったというものを、タダでもかまわないと」

市助は首を上下させると、暑くもないのに握りしめていた手拭《てぬぐ》いでしきりに額の汗を拭うような仕草《しぐさ》をした。

「縁起物どころか、その石のせいで千州屋は災難つづきでございまして。本来、金を積んでも厄を祓《はら》わねばならないところなのです。こちらでいかようにも処分していただければ御《おん》の字でございますよ」

「災難とは」

　はあそれが、と市助は言いにくそうに肩をすぼめた。

「……商いにしくじりがあったり、奉公人が怪我をしたり病《やまい》を患《わずら》ったりということが、立てつづけに。先月には店が付け火にあいまして、ええ、幸いうちの若い者がすぐに見つけたおかげで大事には至りませんでしたが。雨戸を何枚か焦がしたくらいで……」

　そうこうするうちに、今度は主人の五十兵衛が床についてしまったのだという。どうやら腰をひどく痛めたらしく、起き上がることもままならずに今も床でうんうん唸《うな》っているとか。やむなくおのれの代わりに番頭を九十九字屋によこした次第で、本来なら主が出向いて直《じか》にお話しするはずのところをあいすみませんと、市助は詫《わ》びた。

　冬吾はふんと鼻を鳴らすと、

「千州屋さんは、いつ誰からこの石を買い取ったのです？」

　訊《たず》ねれば、二ヶ月ほど前に、以前から店に出入りしていた易者《えきしや》から買ったという返事である。

「ならばわざわざうちに持ち込むまでもない。これを売りつけた易者とやらに突っ返して、代金を返してもらえばよろしいでしょう」

しかし市助は表情を曇らせると、なんとも歯切れの悪い口調で、

「それが、そうもいかない事情でございまして」

「ほう。当の易者が代金を持って雲を霞《かすみ》と行方をくらましでもしましたか？」

「いえいえ、そうではございません」と番頭は急いで首を振ってから、深々とため息をついた。

「その、実を言いますと、易者のほうは端《はな》からその石を売るつもりはなかったようなのです。それを旦那《だんな》様が無理にと言いますか、どうあっても欲しいと頼み込んで手に入れたものでございまして。ですから、今さら騙《だま》されたと文句を言うわけにもいかないのですよ」

「しかし、相手はこれを縁起の良いものだと言ったのでしょう」

「言いました、言いました。ただ……」

易者の言では、福石はその名のとおり、富も幸運も引き寄せる強い霊力を持っているらしい。

ただし――その恩恵に浴することができるのは、選ばれたごく少数の人間だというの

だ。

「なんでも、よほどの胆力や才覚、強運の持ち主でなければ、石の強い力に負けてしまう。そうすると、呼び寄せるはずの福が、逆にその人間の身に降りかかる災いに転じてしまうのだとか。ええ、易者がはっきりとそう言ったのは、手前もこの耳で聞いたことでございます」

たまたま、くだんの易者が千州屋を訪れ五十兵衛と話し込んでいる時に、客間に茶菓子を出しに行って、市助はその会話を耳にはさんだという。

何のきっかけで、易者の自宅にあるという石の話になったのか、そのあたりのことはわからない。が、ともかくも相手が五十兵衛に対して一度はきっぱりと首を振ったのを、市助は見ていた。

――およしなさい。なにも石の力になど縋《すが》らずとも、千州屋さんはこうして順調に商いをしておられる。福石を手に入れて、万が一のことがあったらどうされる。

――不相応《ふそうおう》な者が福石の持ち主となって、身を滅ぼした例は数知れず。なに、あなたの器量を疑うわけじゃないが、もしも手に負えなければ災いを呼び込むだけですぞ。悪いことは言わん、この話は聞かなかったことに。

ところが、それで逆に五十兵衛の意地に火がついてしまったらしい。なんとしても福石を譲ってほしいと食い下がる主と、のらりくらりといなす易者のやり取りは、市助が客間からさがった後もつづいていた。

「千州屋さんはずいぶんと、ご自分に自信がおありのようだ」

冬吾の辛辣《しんらつ》な言葉に、番頭はまた手拭いで額をこすった。

「はあ、まあ、旦那様は手前の知る若い頃から、何というか人一倍負けん気の強いところがありまして……それに、千州屋の商いが繁盛《はんじよう》して今ほど間口を拡げたのも、当代になってのことでございますから」

つまりはおのれの力で店を大きくしたという自負がある。商いに成功したのなら、それこそ易者の言う胆力か才覚か運の強さか、そのうちのどれかひとつくらいは五十兵衛にもそなわっていたということだろう。だが。

その自信は、傲慢《ごうまん》となる。おのれの判断が正しいと信じて疑わない人間は、たいてい他人の言葉には素直に耳を貸さないものだ。おそらく、市助も番頭の立場から五十兵衛を諌《いさ》めようとしたには違いない。――旦那様、あの易者の言うとおりでございますよ。縁起物などに頼らずとも、千州屋の商いは十分うまくいっているじゃありませんか、と。

それは、主を腐《くさ》すまいと言葉を選ぶ口ぶりからも、うっすらとうかがい知ることができた。

結局、五十兵衛はそれからも度々《たびたび》易者のもとに足を運び、そうしてついに根負《こんま》けしたらしい相手から、大金を払って福石を買い取ったのだ。

「その揚げ句に災いを呼び込んだのなら、千州屋さんは残念ながらこの石を持つ器ではなかったということですな」

「はあ……」

ずけずけと言って憚《はばか》らない冬吾に、市助は渋々とうなずいた。そもそも五十兵衛自身がおのれのあやまちを認めざるをえなかったからこそ、こうして九十九字屋に相談を持ちかけてきたのである。

本人はよほどきまりが悪いのか、最近は当の易者を訪ねることも店に呼ぶこともぴたりとやめてしまったらしい。なのでなおさら石を突っ返すことができなくなったと嘆く番頭に、冬吾はあくまで無表情で応じた。

「しかし、話を聞くだに千州屋さんは、占いよりはおのれを恃《たの》みにする人間のように思えますが。その易者とはどういう縁で知り合ったのです？」

「それは、家の内のことですので、子細《しさい》は申せませんが……」

きっかけは、店の跡取りの問題であった。五十兵衛には子がなく、とすると当然、千州屋を誰に継がせるかという話になる。まだまだ隠居を考える年齢ではないが、店の将来に係わると周囲がやきもきしていたこともあり、五十兵衛もお内儀《かみ》と話し合った末に跡取りの養子を迎えることを決めた。昨年の今頃のことだという。

「ところが、これが揉めまして」

五十兵衛が本腰をあげたと知った親戚縁者が、厄介《やっかい》にもぞろぞろと千州屋に押しかけてくるようになった。皆が皆、我が子や知り合いの息子をぜひ店の跡取りにせよと、毎日のように口喧《やかま》しく言ってくる。これにはさすがの五十兵衛も頭を抱えてしまったという。

そんな時、知人から紹介されたのがくだんの易者であったのだ。

「よく当たると評判で、客は大店《おおだな》の旦那衆やら有名な役者やら、城勤めの偉いお武家様までいらっしゃるという触《ふ》れ込《こ》みでしてね。手前など八卦見《はっけみ》といえば辻占《つじうら》くらいしか頭に浮かびませんでしたが、紹介がなければ会えないほどの人物だと聞いて、そんなたいそうな易者もいるのかと驚いたものでございますよ」

五十兵衛とて最初は本気ではなかったろうが、物は試しと占ってもらう気になるくらいには、親戚たちの口上にうんざりしていたとみえる。

易者が何を告げたのか、占いの内容を知っているのは五十兵衛夫婦だけであったが、奉公人たちが額を寄せ合って推測したところによれば「どこそこの方角にこれこれという人物がいるので、その者を店に迎えれば千州屋は将来も安泰《あんたい》である」といったところであろうということになった。

実際、ほどなくして五十兵衛がみずから出向いて、それまでさして親交のなかった同業者の次男を養子にする話をさっさと決めてきたのだから、その推測もあながち外れてはいなかったろう。

当の次男はというと、これが申し分のない相手で、人柄も良ければそろばんを扱っても上手《うま》い。何より、商家の息子としての心得もある。相手の両親も、跡継ぎの長男がいるのだから、次男はしかるべきところに婿《むこ》入《い》りさせるつもりであったが、同業の店に養子に迎えてもらえるのなら願ってもないことと、話はとんとん拍子にまとまったそうだ。

最初はあれこれ文句をつけてきた親戚たちも、五十兵衛が頑《がん》として譲らぬのを見て諦めたのか、次第に店に押しかけて来ることもなくなった。つまり、事は丸くおさまったのである。

「占いとはたいしたものだと、奉公人たちも感嘆したものですよ。旦那様もそれ以来、あの易者をすっかり信用されたようでした」

五十兵衛もさすがに商いのことまで占い頼みにすることはなかったが、日々のちょっとした困り事などは細々《こまごま》と易者に相談していたという。

しかし、と市助は肩をすぼませた。

「今や千州屋がこの有様では、おちおち跡継ぎを迎えることもできません。それどころか、こんなことが世間様に知れればせっかくまとまった養子の話も消えてなくなるのではないかと、ええ、それは手前ども奉公人も、日々の食事も喉《のど》を通らぬほど案じていることでございます」

養子を迎え入れるのは、来月のことだという。本来なら、そのお披露目《ひろめ》に向けて今は千州屋は大わらわなはず。ところが店は災難つづき、主人の五十兵衛までが寝込んでいるとあっては、お披露目の準備どころではない。

さらに、市助はそうと口には出さないが、奉公人たちも店を案じる気持ちはあるとしても、本音ではいつ自分たちの身にも災難が降りかかるかと、毎日びくびくしているに違いなかった。そういう空気は、隠したところで周囲に伝わる。

さらに、さらに。千州屋の災難は、幸いなところまだ死者を出すほど深刻なものではない。それでもこれが悪い噂《うわさ》となって広まれば、贔屓《ひいき》の客の足も遠のきかねない。

商いというものは、小さな綻《ほころ》びからだんだんと傾いて、いったん傾きだせば止めるのはよほど難しいのだ。だから、店の内情が世間におおっぴらになってしまう前に、何としても元凶である石を手放したい。それも今すぐ一刻も早く……と、言葉よりも先に、番頭の困りきった表情が語っていた。

そもそも五十兵衛が九十九字屋のことを知ったのも、ぎっくり腰の見舞いに来た知人から勧められたかららしい。――千州屋さん、こりゃあいけないよ。おまえさん、何かの祟《たた》りにでもあっているんじゃないかい。悪いことは言わない、心当たりがあるなら、これこれこういう店があるから、一度店主に相談してみてはどうかね。と、いうわけだ。

つまり、その程度にはもう噂になっているのである。

市助は上目遣《うわめづか》いになって冬吾を見ると、絞るような声で、

「あの、こちらで引き取ってもらえるのでしたら、もちろん相応のお礼はさせていただきますので」

困っているわりに、相手の顔色をうかがいながらそう言ってくるあたりは、さすがに年季の入ったお店者《たなもの》だ。タダという条件でも無理ならば金を出してもかまいません、ですからどうぞよしなにというわけだ。

「礼はけっこうです。本来こういった品は、こちらが買い取るものですから」

素《そ》っ気《け》なく応じて、冬吾はふたたび、布に包まれた石に目を向けた。そのまましばし、考え込むふうを見せてから、

「いっそ、その辺りの川にでも捨ててしまえばどうです？　それなら面倒もない」

真顔でそんなことを言った。

とたん、市助はぎょっとしたように首を激しく振った。

「とんでもございません。そのようなことをしたら、怖《おそ》ろしいことになります」

「ほう？」

「易者が言うには、その石は水気をひどく嫌うのだとか。もし水に濡《ぬ》らしでもしたら、石が怒って祟りを起こすのだそうです。ええ、それはもう持ち主の器量に拘《かか》わらず、周囲の者も皆、一蓮托生《いちれんたくしょう》に凄《すさ》まじい災いに見舞われて命がなくなるというのでございますよ」

なんとも大仰《おおぎょう》な話だが、番頭は顔を青くして身震《みぶる》いしている。

「ですから、川に捨てるなど、以《もっ》ての外《ほか》」

五十兵衛は自分の部屋の飾り棚に福石を置いていたが、部屋の水拭き掃除はおろか、女中が茶を運んでくることも禁じていたらしい。水の一滴も石に近づけるものかという徹底ぶりで、お内儀や奉公人たちにもそう言い聞かせていたので、市助も用があって五十兵衛の部屋に入らねばならない時には、着物のどこかに水はねでもないか、それは気を遣ったという。

「なるほど。この石は水気を嫌うと」

初めて、冬吾は口《くち》の端《は》をわずかに歪《ゆが》めた。苦笑のようだ。

市助が手拭いでしきりに汗を拭うような仕草をするのも、石の祟りを怖れてのことなのだろう。汗も水気、というわけだ。

「ですから、その」

「わかりました」

「と、言われますと……」

身を乗りだした番頭に向かって、冬吾は「よろず不思議、承《うけたまわ》り候《そうろう》」と、きっぱりと告げた。

「この石は、うちで引き取りますよ。――店の災難もこれで終わるはずですのでご安心をと、千州屋さんにお伝えください」

一

如月《きさらぎ》（二月）も残すところあと数日というその日、るいが辰巳《たつみ》神社の佐々木《ささき》周音《あまね》のもとを訪れたのは、先日の蔵の一件の礼を言うためだった。

冬吾が九十九字屋の蔵に入ったまま行方不明になり、それを周音が捜しだして無事に連れ戻してくれた。――本人たちの言い分はどうであれ、るいにとってはそういうことなので、周音には素直に感謝していた。

周音と冬吾は双方で嫌いあっていて、兄弟仲はとても悪い。と、少なくとも本人たちはそう言っている。しかし冬吾は最近よく兄のもとに出向くようになった――必ず不機嫌な顔で帰ってくるが――し、周音は弟に対して相変わらず意地の悪い言動を繰り返しているが、いざとなれば今度のように助けてくれる。顔を合わせると嫌味と罵倒《ばとう》の応酬になる兄弟を見て、二人とも子供みたいだわとなんとなくほっこりしてしまう、るいである。

（それと、周音様にはちゃんとお詫びもしなきゃ）

というのは、「冬吾様を捜しに来てくれるまで、あたしはここから動きません」と宣言して、周音が九十九字屋に行くことを承諾するまで家の柱にしがみついたまま離れなかったことだ。いくら冬吾が心配で取り乱していたとはいえ、その時の自分の姿を思い返すたびにるいは赤面してしまう。

ここはひとつ、きちんとお礼とお詫びにうかがって、あたしは分をわきまえた奉公人ですから、いつもはあんなに不作法じゃないんですよと、周音に示しておかなければなるまい。

そんなわけで猿江町《さるえちょう》まで出向いたるいだが、当の周音は彼女を一目見たとたんに、

「今度は何事だ？」

おまえが来るとろくなことはないと、眉《まゆ》をひそめた。

「人を疫病神みたいに言わないでください」

「冬吾に何かあったという話なら、もう聞かんぞ」

「違います。冬吾様ならぴんぴんしてますから、大丈夫です」

先日はご迷惑をおかけしましたとるいが頭を下げると、周音はふんと鼻を鳴らした。その仕草も、冬吾とよく似ている。

「迷惑は今に始まったことではないからな」

思い当たることはいろいろあるので、るいは思わずうっと唸りそうになったが、気をとりなおして、あらためて蔵の件について礼を述べた。

「冬吾のためにやったわけではない。馬鹿な弟がどうなったところで、私には関係のないことだ」

という返答は予想どおりだったが、その後に奇妙な沈黙があった。どうしたのかしらと、るいは顔をあげて周音を見る。周音は不機嫌そうに眉をひそめたまま、るいの背後にじっと目を凝《こ》らしていた。

「――――?」

つられてるいも後ろを振り返ったが、別段、目をひくようなものは何もない。通されたのはいつもと同じ佐々木家の客間で、開け放たれた障子《しょうじ》の向こうには春の陽射《ひざ》しがうららかに降り注ぐ縁側と、草木が若々しく芽吹いた庭が見える。

首をかしげながら視線を戻すと、今度は周音と目があった。

「冬吾は、何か言っていないか」

そう訊《き》かれて、るいはいっそう首をかしげた。

「何かって……、え、何をですか？」

ここへ来るのに、お昼過ぎの一刻（二時間）ほど店を抜ける許しをもらったが、冬吾は別に何も言っていなかった。まあ、兄への悪口は並べていたけれど、いつものことだ。

それだって、以前なら周音には会うなと、厳しく引き留められていたところである。

きょとんとしているるいを見て、周音は小さくため息をついた。

「相変わらず抜けているな、あいつは」

そんなことを呟《つぶや》き、立ち上がる。そこで待っていろと言って、部屋を出ていった。

どうしたんだろうと思いながら、言われたとおりにるいが客間で待っていると、四半《しはん》刻《とき》（三十分）ばかりで周音が戻ってきた。もとの位置に腰を下ろし、手にしていた物を差し出した。

「周音さま、これは」

受け取ったのは、匂い袋だった。

縮緬《ちりめん》でつくった小さな巾着《きんちゃく》のかたちをしたもので、花のような上質の白粉《おしろい》のような香りが、るいの鼻をくすぐった。

「持って行け。——おまえくらいの歳《とし》なら、そういうものを身につけていてもおかしくはないだろう」

え、とるいは目を丸くした。

「これ、あたしにくださるんですか？」

「冬吾にくれてやるわけがなかろう」

「いいえ、ナツさんもいますけど」

「なぜ化け物に贈り物などせねばならんのだ」

周音の声が冷ややかになる。彼のあやかし嫌いはよくわかっているので、るいは慌《あわ》てて、はいそうですねとこくこくうなずいた。

(でも、あたしにっていうのも、よくわからないんだけど)

よほど不思議そうな顔をしていたのか、周音はふんとまた大きく鼻を鳴らした。

「先日うちに来た客人が置いていったものだ。ちょっとした相談事にのってやった礼らしいが、私はそんなものを持ち歩く趣味はない。誰かにやろうと思っていたところに、ちょうど、おまえが訪ねてきたのでな」

そんなふうに言われると、断るのは逆に悪い気がする。るいは、掌の上の匂い袋に鼻を寄せた。

（いい匂い……）

るいも年頃の娘である。こういう小物は大好きだ。

「本当に、あたしがいただいていいんですか？」

「だから、そう言っている」

「ありがとうございます、周音様」

顔を輝かせて礼を言うるいを、周音はしげしげと見た。

「冬吾はどうなんだ？」

「え？」

「そういうちょっとしたものを、あいつがおまえのために買ってきたりすることはあるのか」

「ありますよ。お祭りの吊るし飾りをもらったことがあります」

それだってるいはとても嬉《うれ》しかったのだが、なぜか周音は束《つか》の間《ま》黙ってから、馬鹿かあいつはと呆《あき》れたように呟いた。

「――その匂い袋は、いつも忘れず身につけておくことだ」

別れ際、挨拶《あいさつ》をして客間を出ようとしたるいに、周音はそう声をかけた。口の端でニヤリと笑って、つけ加える。

「それに使われている香《こう》は、魔除《まよ》けにもなるからな」

身動きするたびに、帯にはさんだ匂い袋からふわりと良い香りがする。それが嬉しくて、辰巳神社から戻ったるいは、浮き浮きと店の雑巾《ぞうきん》掛《が》けを始めた。

「おや。何だい、この匂いは」

気怠《けだる》そうに小さくあくびをしながら、ナツが勝手口から姿を見せた。さっきまで猫の姿で、庭の春の陽光にまどろんでいたのが、ようやく起きてきたらしい。婀娜《あだ》な女のなりでいながら、くんくんと匂いを嗅《か》ぐ仕草は猫のままだ。

「この匂い袋ですよ。良い香りでしょう？」

るいが帯から匂い袋を取りだして見せると、ナツはなんだか複雑な顔をした。

「そうだね。……まあ、悪い香りじゃあないよ」

彼女にしては歯切れの悪い返事なので、るいは首をかしげた。

「どうしたんだい、それ？」

「ええと」

口を開きかけたとたん、土間のあたりで「けっ」と野太《のぶと》い声が響いた。

「ああ、臭《くせ》ぇ、臭ぇ。おめえの鼻はどうかしちまってんじゃねえのか。気色の悪い臭いをぷんぷんさせやがって、近寄ると胸が悪くならぁ」

悪態とともに壁がぞぞっと揺れて、作蔵《さくぞう》の顔がそこに浮かび上がる。ぎょろりとした目でるいを睨《にら》みつけると、さも嫌そうに顔をしかめた。

「何よ、お父《と》っつぁん。失敗した鏝絵《こてえ》みたいな顔をして」

るいは唇を尖《とが》らせた。

どうせいつもの憎まれ口だ。お父っつぁんたら、あたしがちょっと紅《べに》を差したり、綺《き》麗《れい》なものを身につけたりすると、必ず似合わないだのなんだのと腐してくるんだから。

それに、ぷんぷんだなんて、作蔵が言うほど強い香りではない。匂い袋の香は、そばに寄ったりすれ違ったりした時に、ふと気づくくらいの仄《ほの》かなものである。

（そりゃ、あやかしは人間よりは鼻が利くのかもしれないけど）

「こんなにいい匂いなのに臭いだなんて。お父っつぁんこそ、鼻がおかしいんじゃないの？」

「俺ぁ、抹香臭《まっこうくさ》いのは大嫌いだって言ってるだろうが」

「お寺のお線香と一緒にしないでよ」

「だいたいな、周音のやつからもらったものを後生大事に身につけてるってのが、気にくわねえや。俺は、あのイカレた野郎のせいであやうく成仏《じょうぶつ》しかけたんだぞ」

「そりゃ、いきなりお父っつぁんを祓うって言いだした時はあたしも腹が立ったけど、そんなに悪い人じゃないわよ。イカレたなんて、周音様に失礼だよ」

「ふん、すっかり丸めこまれやがって。それだから、おまえは男を見る目がねえってんだ」

「なによう」

頬を膨《ふく》らませて、るいは座敷から土間に飛び降りた。作蔵がいる壁に詰め寄ろうとしたが、その前に、

「うるせえ、うるせえ」

作蔵は壁に沈み込むようにして、その場から姿を消してしまった。

「ちょいと、お父っつぁん。逃げるなんてずるい」

いつの間にか階段に腰を下ろして父娘《おやこ》のやりとりを面白そうに眺めていたナツが、くくっと喉を鳴らした。

「なんだい。その匂い袋は周音からもらったのかい？」

「あ、はい……」

腰に手をあててむうっとしていたるいだが、我に返ってそそくさと座敷に戻った。

「さっき辰巳神社にうかがった時に」

周音から匂い袋を受け取った経緯《いきさつ》を話すと、ナツはへえと呟いた。

「あの男も、隅に置けないね」

「え？」

「だってさ、もとは客からもらったものなんだろ。としたら、その客ってのは女だろう」

るいが首をかしげると、ナツは紅を差した唇をニッと引いた。

「男の周音に匂い袋を渡す理由なんて、わかりきっているじゃないか。惚《ほ》れた男に自分が使っているのと同じ香りを身につけてほしい、離れている時も自分を思いだすよすがに……って、そういうことさ」

「あっ」

ようやく理解して、るいは目をむいた。

「えぇぇ、周音様にそんなお相手が⁉」

しかし周音だってとうに妻帯していてもおかしくない年齢である。むしろ未だに独り身であることのほうが不思議だ。容姿も整っているし、愛想良く笑っていれば懸想《けそう》する女性の一人や二人、いやもっといてもおかしくはない。

（あたしったら。そんな艶っぽい事情だなんて、思ってもみなかったわ）

わかっていたら受け取らなかったのにと、るいはおのれの鈍さを呪った。

「この匂い袋は周音様に返したほうがいいですよね。あたしが持っていたら、相手の人に申し訳ない――」

「別段、かまわないだろ。周音にその気がないから、あんたに押しつけたんだろうし」

「でも」

「あたしに言わせりゃ、女のほうも悪いよ。よほど深い仲ならともかく、勝手に惚れて匂い袋なんざ渡したりしたら、男は怖れをなしてとっとと逃げだすに決まってる。男女の間ってのは、追いかけたほうが負けなのさ。その程度の駆け引きもできないんじゃ、野暮《やぼ》もいいとこだ。——まあ、周音なぞに惚れるよりも、もっと他に優しくて誠実な男を見つけたほうが、その女の身のためだね」

だからあんたが心配することはないよと言われて、るいは返答に困って「はあ……」と曖昧《あいまい》にうなずいた。

そうして肩を落とすと、手の中の匂い袋をしょんぼりと見た。

「ナツさんも、この匂いは嫌ですか？　もしかしたら、あたしだけがいい匂いだと思っているだけかしら」

ナツが最初に見せた奇妙な表情を思いだして、言った。

「そういうことでもないんだけどね」

ナツはひょいと首をかしげる。

「周音は他に何か言ってなかったかい。その匂い袋のことでさ」

「……そういえば、使っている香が魔除けにもなるから、いつも身につけておくようにって」

「魔除けに？」

ああなるほどと、ナツはうなずいた。

「だからだよ。人のあんたにとっては香《かぐわ》しい匂いでも、あたしらあやかしにはちょいと強いかね。感じ方はそれぞれだろうが、あやかしの種類によっちゃ臭くて近づきたくないってことにもなるかもしれない」

「じゃあお父っつぁんが言ってたことは、本当だったんだわ。あたし、てっきり嫌味だとばかり」

思い返すと、神社から帰る途中で壁のそばを通った時も、作蔵は話しかけてこなかった。なんだか遠巻きにしてるみたいだったから、へんだなとは思っていたのだ。

「あたしやっぱり、この匂い袋を持つのはやめます。あたしのそばにはナツさんもお父っつぁんもいるのに……」

周音様だってわかっているはずなのに、どうして魔除けなんてよこしたのかしらと、るいはちょっぴり恨《うら》めしく思った。

「そこが解せないんだけどね」と、ナツはかたちのよい眉を寄せた。

「周音が意地が悪いのは、冬吾に対してだけだよ。そりゃ、あやかしに対しては容赦はないけど、今さらあたしや作蔵に嫌がらせをするってことはないだろう」

「でも、それじゃどうして」

さてね、とナツは肩をすくめた。

「周音が身につけていろと言うのなら、試しにしばらく持っていたらどうだい。なに、それに使われている香は、あたしらにとって別段、害毒になるものじゃないから心配はいらないよ」

人間にとっては間違いなく良い香りだろうと言われて、それでもるいは迷った。香りをまとって浮き浮きしていた気分も、すっかり萎《しぼ》んでしまっている。

「だけど、お父っつぁんが嫌がるもの」

「作蔵はちょいと大袈裟《おおげさ》に騒ぎすぎだよ。周音に貰《もら》ったものだから、なおさら気に入らないのだろ。もっとも、他の男からの貰い物だとしても同じことだろうけど」

男親ってのはどうしようもない、あんたも苦労するねと、ナツはまた柔らかく喉を鳴らした。

るいはため息をついた。ナツがそう言うならと、匂い袋をもう一度、帯にはさむ。

(それにしたって、周音様に想いを寄せている女性って、どんな人かしら)

実はそのことが一番気になって、るいはうずうずしていた。

（ナツさんは野暮だって言ったけど、その人はきっと、周音様のことがうんと好きなのね。それで、いてもたってもいられなくて、この匂い袋を周音様に手渡したんだわ）

そう思うと胸がちくちくして、やっぱり後ろめたいなあ……と、るいは帯に指を触れながら、またため息をついた。

それを横目にしながら、ナツは袖《そで》を口もとにそっとあてる。ふと冷めた表情で、目を細めた。

「……やれやれ。こうなると、あの匂い袋を女から貰ったってのもあやしいものだね。まるっきり嘘や作り話だってのなら、周音もどういう魂胆《こんたん》なのだか」

冬吾の反応が楽しみだよと、るいには気づかれないように、袖の陰でそんなことを呟いたのだった。

二

「やっぱりこの匂い袋は、周音様にお返ししようと思うんです」

るいがげっそりとしてそう言ったのは、その三日後のことだった。

「どうしたんだい」

座敷の縁側の陽射しに丸まっていた三毛猫は、頭をあげると、襷《たすき》を解《ほど》いて隣に腰を下ろしたるいを見上げた。

「だって、冬吾様が」

「冬吾は別段、匂い袋のことは何も言ってなかったんだろ？」

「はい。……それはそうなんですけど」

周音から匂い袋をもらったことは、もちろん冬吾にも伝えてある。るいは指で自分の眉間《みけん》をつつきながら、

「何も言わなかったけど、でもものすごく嫌そうな顔をしていました。眉の間にこーんな皺《しわ》を寄せて」

翌日も、翌々日になっても、冬吾は眉間に皺を刻んだまま、るいと顔を合わせるといかにも不機嫌そうな表情を見せる。そのくせむっつりと何も言わないものだから、三日目の今日になって、とうとうるいのほうが音を上げたわけだ。

「きっと冬吾様も、この匂いはお好きじゃないんだわ。あやかしだけじゃなくて人間だって、匂いの好き嫌いはあるものだし」

それならそうとはっきりと口に出して言ってくれればいいのに、いつもは横柄《おうへい》なくらい言いたい放題なくせに……とるいは思う。

「へえ」

三毛猫はさも可笑《おか》しくてたまらないというように、ヒゲを震わせた。なるほどねえ、と横を向いて呟いた。

「え、何か言いました？」

「いや何も」

しれっと応じて、ナツは前肢《まえあし》でくるりと顔を撫《な》でた。

「周音に返すのなら、冬吾にもそう言っておきなよ」

「はい。今日のうちに辰巳神社へ行くお許しをいただいて、その時にちゃんと言います。――匂い袋は周音様にきっぱりとお返ししてきますので、もうこれっきりそんな不機嫌な顔はしないでくださいねって」

うなずきながら、るいは拳をぐっと固めて見せた。

冬吾とあやかし以外は、たとえばるいが寝起きしている筧屋《かけいや》の女衆などは良い匂いだと褒《ほ》めてくれたから、匂い袋を返すのは――貰った経緯はともかく――ちょっぴり残念な気もしないでもないが、仕方がない。

(たとえ店の主人が口にはださなくても、表情や仕草で考えていることをしっかり心得るのが、よい奉公人てものだわ)

もとから無愛想で不機嫌な顔の冬吾が、そうとはっきりわかるくらいにもっと不機嫌になっているのだから、きっとよっぽどのことなのだ。

何なら今すぐ冬吾様に言って外出の許しをもらってこよう、うんそれがいい……と、るいはすっくと縁側で立ち上がった。とたん、背後から声がした。

「その必要はない」

「わっ、冬吾様、いつからそこに?」

振り向いたら、二階の部屋にいたはずの冬吾がすぐそばに立っていたので、るいは驚いた。

「不機嫌な顔で悪かったな」

るいの問いは無視して、相変わらず眉間に皺を刻んだまま、冬吾はぬっと手を出した。

目の前に突き出された掌を見て、るいはきょとんとする。

「匂い袋をこちらによこせ」

「えぇ？」

「その香りはおまえにはまったく似合っていない。もう少し年齢が上で、しっとりと落ち着いた風情《ふぜい》の女性にふさわしかろう」

「それだとまるであたしが、騒々《そうぞう》しくて落ち着きのない小娘だって言ってるみたいに聞こえますが」

「違うのか？」

「うう」

どうせその通りですよ、とるいはふくれっ面になった。久しぶりに冬吾がまともに口を開いたと思ったら、これである。

とどのつまり冬吾様は、あたしが不相応な香りを身につけていたから不愉快に思っていたってことかしらと、るいは胸の内で首をかしげた。

「それと、おまえが周音に会いに行く必要はない。今日は他に用事があるから、そんな時間はないぞ」

「はあ」

さっさとしろと顎《あご》をしゃくられて、るいはため息をひとつついてから、匂い袋を冬吾に渡した。もとから返すつもりの物でも、こんなふうに取り上げられるのは釈然としないものだ。

「――ナツ。これを周音に突っ返してこい」

「おや、こちらにお鉢が回ってきたよ」

化け猫はふわりと妖艶《ようえん》な美女に変わると、艶《あで》な仕草で髪を撫でつけたその手で、冬吾から匂い袋を受け取った。魔除けをあやかしに持たせるかね、まあ三日も嗅いでりゃ慣れたけれどもと、苦笑する。

「突っ返すだけでいいのかい？」

「ついでに、どういうことか聞いてこい」

「あいあい。……ついでに、ね」

からかうような口調に、冬吾はじろりとナツを睨んだ。おお怖、と笑いながら首をすくめると、ナツは滑るような足取りで縁側から姿を消した。

それから半刻（一時間）ばかり後――。

るいは風呂敷に包んだ木箱を抱えて、本所亀沢町《ほんじょかめざわちょう》を目指してせっせと歩いていた。

九十九字屋の上客である波田屋甚兵衛《はたやじんべえ》に前々から頼まれていた茶器――間違いなくあやしげないわくのくっついた品であろう――を届けるというのが、冬吾から言いつかった「他の用事」であった。

客へのお届けもの自体は、ありふれた用事だ。とくに波田屋はさしたる目的がなくてもぶらりと店にやって来ては、店主の冬吾と世間話をしがてら、これこれの品が手に入ったら届けてくれと言っていくことが多い。おかげでるいも、今では波田屋の奉公人たちとはすっかり顔馴染《かおなじ》みになっている。

ただ、今日はるいが首を捻《ひね》るようなことが、ふたつあった。

ひとつは、出がけに覓屋に寄って着物を着替えるようにと、冬吾に言われたことだ。どうしてですかと訊くと、匂い袋の香がるいの着ているものに移っているからだという。そこまでしなくてもと思ったが、なにぶん店主の命令なので、るいはおとなしく言われたとおりに着物を着替えて出て来た。

そして首を捻ったふたつめは、

「冬吾様、どうしてついて来るんですか？」

竪川《たてかわ》を渡る橋の手前。るいは大きなため息をつくと、足を止めて振り返った。数歩離れたところで、同じように足を止めた冬吾を見た。

　本所に向かって歩き出してほどなく、冬吾がまるで彼女を追いかけるようにして後ろを歩いていることに気づいた。そのまま、どこまでも同じ歩調でついてくるので、どうにも落ち着かない。

「ただの散歩だ」

　冬吾はしれっと応じた。

「でも」

「たまたま、行きたい方角が同じで、おまえが私の前を歩いているだけだ。気にするな」

　そう言われましても。

　冬吾にずっと後ろから見られていると思うと、背中がむずむずしてたまらない。あたし、歩き方がみっともなかったりしないかしら。髷《まげ》がほつれたりしていないでしょうね……と、妙なことばかり気にかかる。

「店番はどうするんですか。ナツさんも出かけてしまったし、店に誰もいなくなってしまいますよ」

「店は閉めて休業の札をかけておいた。開けておいてもどうせ、客など来ない」

「堂々と情けないことを言わないでください」

でもまあ、さすがに亀沢町まで一緒ってことはないわよねと思いなおすと、るいはできるだけ背後を気にかけないようにして目の前の橋を渡った。

店に入ってごめんくださいと声をかけると、帳場にいた番頭がすぐにるいに気づいて、心得顔で奥へと消えて行った。

波田屋は油問屋だが、店での小売りもしている。出入りする客の邪魔にならぬよう、端に寄って待っているとすぐに主人の甚兵衛があらわれて、

「おや、いつぞや頼んでおいた茶器だね」

箱ごと受け取って、いつもの好々爺《こうこうや》然とした笑顔をるいに向けた。

「ちょっとあがって、茶でも飲んでいきなさいよ。ちょうど頂き物の菓子があることだし、せっかくだからこの茶器を使ってみたいしねえ」

「いえ、けっこうです」

慌てて、るいは首を振った。何のいわくがあるかも知れない茶器でお茶を飲むなんて、

さすが波田屋さんは肝が太いわと感心したが、とてもつきあう気にはなれない。

「奉公人のあたしがこちらにお邪魔をして長居なんてしたら、冬吾様に叱《しか》られてしまいます。それに早く帰って、今日のぶんのお掃除をすませなくちゃいけないので」

それは嘘ではない。以前に甚兵衛の茶飲み話につきあわされて、あとで冬吾にしこたま嫌味を言われたことがあるのだ。

あいすみませんと頭を下げると、そうかいそれなら仕方がないと甚兵衛は気を悪くした様子もなくうなずいた。いささか茶目っ気を含んだ表情で、

「冬吾さんに、そろそろうちに顔を出すように言っておくれ。花房屋《はなふさや》さんの一件以来、ご無沙汰だからね。……まあ、私のほうからもまた近々、そちらの店には寄らせてもらいますよ」

「は、はい」

甚兵衛に花房屋の若旦那との見合いを勧められ、あやうく祝言《しゅうげん》までいきかけたことを思いだして、るいは冷や汗をかきながら挨拶もそこそこに、店を出た。

波田屋のある亀沢町は、武家地と隣接している。通りを店の暖簾《のれん》が見えなくなるまで進んでから、高い塀に沿って角を曲がる。来る時に通った道だ。ひとけのない細い路地

に踏み入ったとたん、るいは思わず天を仰いだ。

「おいおい、一体、なんだってんだ、あの店主は？」

そばの塀から、作蔵の呆れたような声がした。

「あたしに訊かないでよ」

少し先に、冬吾の姿があった。路地の塀に背中をあずけるようにもたれかかって、腕組みをした格好で退屈そうに空を見上げている。

「冬吾様。そこで何をしているんですか？」

るいはずいずいと足を進めて、冬吾の前に立った。

冬吾は視線を下げると、るいを一瞥《いちべつ》して鼻を鳴らす。腕組みを解いて、塀から身体《からだ》を起こした。

「散歩だ」

「はあ、そうですか。それでたまたま、散歩の方角があたしと同じってだけなんですよね」

「その通り」

まさか亀沢町まで一緒に来ることになるとは思わなかった。行きはこの路地のあたりで冬吾の姿が消えたと思ったら、どう見ても今までここでるいを待っていた風情である。

どういうことなのか、さっぱりわからないわ……と、るいは思った。まあ、冬吾様が何を考えているのかわからない変わり者なのは、今に始まったことじゃないけれど。

(ここまで来るのだったら、あたしに言うより自分で波田屋さんにお届け物をしたってよかったんじゃないかしら)

「波田屋の旦那様が、そろそろ自分のところに顔を出してほしいと仰《おつしや》っていましたよ。せっかくなら、お会いになっていかれたらどうです？」

るいが甚兵衛の言葉を伝えると、冬吾は気のない様子で肩をすくめた。

「今日は忙しいので、またにしておこう」

どこからどう見ても忙しいようには見えないわよ……とるいが胸の内で呟いていると、冬吾は早く行けというように、路地の先に顎をしゃくった。

また後ろからついて来るのねと、るいはげっそりする。渋々歩きだして、竪川の川辺まで来た時だ。

「おい」

背後から冬吾の横柄な声がした。

「千石堂《せんごくどう》のきんつばが食べたくなった。買いに行け」

「え、今からですか？」

るいは思わず足を止めて、振り返った。

冬吾が贔屓にしている千石堂は、深川元町《ふかがわもとまち》にある。今いるところからだと、九十九字屋のある北六間堀町《きたろっけんぼりまち》を通り過ぎてもっと南へ、小名木川界隈《おなぎがわかいわい》を目指して行くことになる。とんだ大回りだ。

「おまえもあそこのきんつばは好物だろうが」

「そりゃ、大好きですけど……」

るいはがっくりと肩を落とした。どのみち、店の主人の命令に、奉公人があれこれ文句をいう筋合いはないのだ。

諦めて歩き出すと、冬吾はまた一定の距離をあけてついて来た。

(今日の冬吾様は、いつもよりもずっとヘンだわ)

ほんとにどういうことだかさっぱりわからないと思いながら、るいはとぼとぼと竪川に架かる橋を渡った。

まあ、わけのわからない経緯を横においておけば、外を出歩くには申し分のない春の日であった。空は気持ちよく晴れ渡って、陽射しが目に眩《まばゆ》く暖かい。各所で桜の花がほころんで、花見が大好きな江戸っ子たちはこの時期は気もそぞろ、道行く人々の表情も浮き立って見える。

最初はため息混じりで歩いていたるいの足取りも、だんだん軽やかなものになっていって、千石堂にたどり着いた頃には冬吾が後ろからついて来ることもたいして気にならなくなっていた。

「買ってきましたよ、冬吾様」

るいは菓子の包みを手に、店の前で待っていた冬吾にいそいそと駆け寄った。

が、冬吾は何も言わず、その場にじっと佇《たたず》んだまま。なぜか眼鏡《めがね》をはずして、一心に目を凝らすようにこちらを見ている。

眼鏡をかけていないと周囲にあやかしの姿が見えすぎて大変鬱陶《うっとう》しい——という理由で、冬吾が眼鏡をはずすことは滅多《めった》にない。なので、

「冬吾様？」

ただならぬ様子に、るいは立ち竦《すく》んだ。

冬吾が視線を向けているのはるいではない。るいを通り越して、その背後を睨んでいる。

るいは振り返ったが、別段、これといって目にとまるものはなかった。見えたのは、今出てきたばかりの千石堂の紺色の暖簾、それをめくって出入りする客の姿くらいなものだ。

(そういえば)

前にもこんなことがあったわと、るいは思う。それも、ついこないだのことのような……。

「あっ」

そうだ、周音だ。匂い袋をもらったあの日、周音も同じようにるいの背後にじっと目を向けていたのを思い出した。

「――――」

冬吾がぼそぼそと何事か呟いた。言葉というより、るいにとっては意味不明な音のつらなりのようなものだ。続いて、素早く指をぱちんと鳴らした。

そうして、まるで凍りついていたものが溶けたみたいに、ようやくるいを見た。

「周音は何か言っていなかったか？」

その質問も、周音の時と同じである。

「ええと、はい、まあ……」

「なんと言っていた」

言っちゃっていいのかなとちょっと躊躇《ためら》ったが、ここでだんまりというわけにもいかない。

「相変わらず抜けているって。冬吾様のことを」

冬吾の表情は変わらない。ただ、わずかに眉をひそめただけだ。それだけでも、盛大にムッとしていることは、わかった。

「帰るぞ」

眼鏡をかけなおすと、用事はすんだとばかりに冬吾は踵《きびす》を返した。それがあまりに唐突だったので、るいは一瞬きょとんとしてから、すでに歩きだしている彼を慌てて追いかけた。

「待ってくださいよぅ、冬吾様」

（どうしたのかな。もうついて来るのは、やめにしたのかしら）

腑《ふ》に落ちないまま、急ぎ足で冬吾に追いついたるいの耳に、独り言が聞こえた。

「――なるほど。こういうことだったか」

三

店に戻ったるいが表の『休業』の札を外している間に、冬吾はさっさと二階の自室へあがっていってしまった。取りつく島もなくて、結局、何も聞けずじまいだ。

るいはため息をつくと、湯を沸かして茶の支度に取りかかった。歩き回ってさすがに草臥《くたび》れたし、喉も渇いた。頃合いもよくちょうどおやつ時だし、と思って菓子の包みを開いたところで、先に周音のもとから帰っていたナツが、るいの手もとをひょいとのぞき込んだ。

「おや、千石堂のきんつばとは豪勢だね。来客でもないのに、どうしたんだい？」

「それが……聞いてくださいよ、ナツさん」

るいは勢い込んで、今日の出来事をナツに話した。

「冬吾様ったらずっと後ろをついて来たかと思ったら、いきなり『帰る』って言って先に歩き出すし。あたし、何がなんだかちっともわからなくて」

「ふうん」

ナツはちょっと考え込むようにしてから、ころころと笑った。

「冬吾の考えることは、あたしにもよくわからないねえ」

そうですかと、るいはがっかりしながら、湯呑《ゆの》みに茶を注いだ。

「これは、あたしが冬吾のところへ持っていくよ」

ナツが素早く二人分の湯呑みと菓子の皿を盆に載せるのを見て、「いいんですか？」とるいは首をかしげる。

「ついでさ。匂い袋をちゃんと周音に返したことを、冬吾に言っておかないといけないからね。あんたもおやつを食べて一息つきなよ。さんざん歩いて疲れたろう」

そういうことならと素直に甘えることにして、るいは自分の分の湯呑みと菓子を手に上がり口に腰を下ろした。

ナツはほとんど音をたてないしなやかな足運びで、階段をあがった。「入るよ」と声をかけて、襖を開ける。

文机《ふづくえ》に向かって何か書き物をしていたらしい冬吾は、筆を置いて振り返ると彼女と対面するように座り直した。

ナツが盆を下に置くのを待って、「それで?」と訊ねた。

「あんた、誰かの恨みをかってるみたいだよ。気をつけな」

「周音が言ったのか」

「気をつけなは、あたしが言ってるんだ。周音の伝言は——おまえ一人のことならどうなろうと知ったこっちゃないが、恨みや呪いはそばにいる人間も巻き込む。その目が節穴でなければ、少しは周囲に気を配れ。それができなければその店で奉公人など雇うな、だとさ」

「ここぞとばかりに言ってくれる」

冬吾は露骨に嫌な顔をした。普段は表情をあまり変えぬ彼だが、兄に関することだけは、こういう顔を見せる。

「今回は周音が正しいよ。あんた、気づいてなかったんだろ?」

迂闊《うかつ》だったのはその通りだと、さらりとナツに指摘されて、冬吾の表情が渋いものになった。

「誰かのあんたへの恨みが、無防備なるいに向かったのか。それとも最初からこの店の奉公人のるいを狙っていたのか。どのみち、このままだとるいの身に悪いことが起こる。周音があの娘《こ》に魔除けとして匂い袋を持たせたのは、そういうことだよ」

ナツは白い指で品よくきんつばをつまむと、口に運んだ。一口囓《かじ》って、やっぱり千石堂は餡《あん》がいいねと、すまして呟く。

「回りくどいことを」

「誰がだい。あんたを恨んでいる相手？　それとも周音が？」

両方だと、冬吾は唸った。

「しかし周音は、どうしてそれほどるいのことを気に入っているんだ……？」

茶を飲もうとしていたナツは、あやういところで吹きだしかけた。

「あんたね。今、一番気にするところはそこじゃないだろ。恨まれている相手に、心当たりはあるのかい」

ああ、と冬吾はうなずいた。

「今日、外でるいを観察していてわかった。――るいのそばに人間の顔が見えた。匂い袋の香が消えたので、近寄ろうとしていたんだろう。追い払ったが、あれは霊魂やあやかしではない。生きた人間の悪意が凝《こご》ったものだ」

見たことのある顔だったと、冬吾は言う。

「そういう術か何かが使える相手なのかい？」

「だろうな。よく知らんが」

察するにたいして興味のない相手だったようだ。

「るいは亡者はいらんほど見るくせに、そういう人間の悪意や恨みといったものには、呆れるほど疎《うと》いからな。死者の姿だって、目で見ているだけで気配を察しているわけではない。あんなものが自分に寄りついているとは、かけらも察していなかっただろう。げんに今も気づいてはいない」

「この店の中じゃ見えなかったのかい？　……だから、時々はその眼鏡をはずせって言っているだろ」

「さすがに寝る時には、はずしているが。気配すらなかったところをみると、巧妙に、ここには念を送り込んではこなかったようだ」

なるほどねと、ナツはうなずく。菓子の最後の一口を飲み込んで、懐紙《かいし》で指を拭った。

「つまりあんたには、知られたくなかった。となると、やっぱり端から狙いはるいだったね」

「しかし、なぜるいを狙う？」

その一瞬だけ、冬吾の眼鏡ごしの表情に困惑がよぎった。

「そりゃあ、面と向かってあんたに意趣返しを仕掛けるよりは、奉公人のか弱い小娘を狙うほうがよっぽど楽じゃないか」

「か弱い小娘……？」

「るいだって、外向きにおとなしくふるまってりゃ、そこそこか弱く見えるってことだよ」

よけいなところで首を捻る店主を軽く睨んでから、ナツは真顔になった。

「相手は、むしろあんたの弱味を握ったくらいの気でいるだろうね」

「私の弱味だと？」

「自分が恨みをかったせいでるいの身に万が一のことがあったら、あんただって平気じゃいられないだろ。じかに当人とやりあうより、そばにいる者を傷つけるほうが効果的なこともある。それを弱味っていうんだ。——傍《はた》から見りゃ、今あんたの一番身近にいるのは、店にたった一人しかいない奉公人のるいだもの」

「——」

束の間押し黙ったあとで、冬吾は冷ややかに呟いた。

「気にくわんな」

「一体、何をやったんだい。その誰かさんにさ」

「さて。何だったか」

「あんた、つくづく他人に興味がないんだねぇ」

むしろ相手が気の毒なほどだよと、ナツはため息をついた。

「けど、このままってわけにはいかないだろ。どうするんだい？」

「とりあえずるいには、身を守るための護符を渡しておく。相手からの恨みや悪意の念は、これで除けることができるはずだ」

匂い袋の香よりは効き目があると言って、冬吾は背を向けていた文机の上から、墨の色もまだ新しい呪符を手に取った。

「だが、るいに近づくことができないと知れば、相手は手段を変えてくるかも知れん。おまえは当分、るいから目を離すな。特に店の外では」

作蔵にも事情を話して用心するように伝えておくと、冬吾は言った。

「るいには黙っているのかい」

「もうしばらくはな。こういうことは、本人が知ってしまうと逆に影響を受けやすくなる。いくらるいでも、自分が狙われていると思えば、二六時中そのことを考えないわけにはいかないだろう。——そうやって相手を意識することは、むしろ相手と繋《つな》がるということだ。そこをつけ込まれかねない」

「まあ、るいに説明するのも手間だしねえ」

言って、ナツはプッと吹きだした。堪《たま》りかねたように指を口もとにあてて、肩を震わせた。

「なんだ？」

「……いや、あんたさ、もうちょっとやり方ってもんはなかったのかい？　るいから匂い袋を取り上げて、わざわざ外に出る用事を言いつけてさ。波田屋への届け物なんて、急ぎでも何でもなかったろうに。その上あちこちぐるぐる歩き回らせて、自分はその後ろからずっとついて歩いてたってんだから、ご苦労さんだね」

「周音がるいに魔除けを渡してきた理由を知るには、そうするのが手っ取り早いと思っただけだ。店の外でなければ、あれが見えなかったのだから、仕方がない」

「匂い袋にいちゃもんをつけたのも、かい？」

ナツはまだ笑っている。

「なんだ、いちゃもんはいちゃもんだよ。香りが似合わないなんて言われたら、あの子だってしょげちまうよ。言いようってもんがあるだろ」

「魔除けの香の匂いをさせていたのでは、あらわれるものもあらわれん。だから着物も着替えさせたんだ」

「だったら、目的は果たしたんだから、もっぺんお守り代わりにでも持たせてやりゃいいじゃないか。何も周音に返さなくてもね。本心からあの匂い袋が気にくわなかったってことじゃないのなら」

どこかからかうような、ナツの口ぶりである。

冬吾は一瞬、言葉に詰まった。すぐに不機嫌そうに眉を寄せると、それまで手をつけていなかった菓子の皿を引き寄せる。いささか乱暴にきんつばに楊枝《ようじ》を刺すと、切り分けもせずに口に運んで、頬張るように二口三口で呑み込んだ。

いくら好物でも子供じゃあるまいしと、ナツは肩をすくめる。

「私の好物ではない。この千石堂のきんつばは、るいの好物だ」

「へえ」

ふんと鼻を鳴らして、冬吾は湯呑みを手にとった。

「喜ぶと思ったから、買いに行かせた」

ナツはつくづくと、冬吾を見た。この仏頂面が、黙々と忍耐強くるいの後ろをついて歩いていたのかと思うと、またも可笑しさがこみあげてくる。

るいが冬吾の弱味になるというのはまったくその通りで、しかもそれは、るいがこの店の唯一の奉公人だからという理由だけではなかろうに。

あやかしとは器用につきあうくせに、人との係《かか》わりかたは相変わらずからっぺただねえと、これはナツが胸の内でこっそり嘆息したことだった。

四

その後しばらくは、とくにこれといった事も起こらず、いつもどおりの日々が過ぎていった。少なくとも、るいにとってはそうだった。

冬吾はこの数日、行き先を告げずに店を空けることが多かったが、それだってよくあることだからるいは別段、気にとめていない。店は相変わらず閑古鳥が鳴くほど客の出入りもないので、店番も楽なものである。

結局冬吾様はあたしの後ろをついて来て何がしたかったのかしらと、あれからさんざん首を捻ったるいだが、まあいいかと思いなおした。どうせ訊いても返事はなさそうだし、ならばあれこれ考えても無駄である。

(よっぽど暇だったのね、きっと)

そう思うことにした。

さて、今日も今日とて冬吾は朝からおらず、気づけばもう昼餉《ひるげ》の時刻になっていた。るいが普段寝起きしているのは九十九字屋の近くにある旅籠《はたご》の筧屋で、食事もそこの賄《まかな》いですませている。ナツに声をかけて店番を頼み、るいは店の外に出た。

今日は朝から小雨が降って、昼というのにあたりはずんと薄暗い。傘をさして歩き出すと、水気を含んだ空気は肌にひやりと冷たかった。

昨日まであんなに暖かかったのにと思いながら、店の前の路地を進み、堀端へ出る。筧屋は六間堀の向こう側だ。滑らないように気をつけながら橋を渡っていると、ふいに後ろからぐいと誰かに摑まれたように傘が傾《かし》いだ。

足もとにばかり目を向けていたるいは、びっくりして顔をあげた。ちょうど橋の半ばに差しかかったところである。立ち止まって見回しても、るいの他に橋の上には誰もいない。それどころか、堀沿いの道をちらほら行き交っていた人影すら、いつの間にか途絶えていた。

細い雨に閉ざされ灰色にくすんだ風景はしんと静まっていて、雨粒が堀の水面を叩《たた》くかすかなざわめきだけがあたりに満ちていた。

るいは首をかしげた。気のせいかとまた歩きだしたとたん、さっきよりももっと強く引っぱられたみたいに傘が大きく揺れた。

わっと声をあげて、るいはとっさに傘の柄を両手で掴んだ。もう一度あたりを見回そうとして――そのまま、動きが固まった。

ちょうどるいの目線の先、傘の縁で何かがもぞりもぞりと蠢《うごめ》いている。芋虫みたいだと思ったとたん、それが青白い指であることに気がついた。人間の指だ。

最初は片手の指が、傘の上からゆっくりとまさぐるようにあらわれて、縁を掴んだ。つづいてもう一方の手の指が、同じように動いて縁を掴み取る。

るいは目を瞬《しばたた》かせた。

（えっと、両手が上から出てきたってことは）

傘の上に誰かが腹ばいで張りついている格好、ということにならないか。もちろんその誰かは、生きた人間ではない。

（ずいぶんおかしな出方をするわね）

次は顔が出てきそうだと思っていたら、案の定、濡れそぼった髪が傘の縁からぞろりと垂れ下がった。寸《すん》の間《ま》をおいて、血の気のまったくない白い顔がつっと逆さまに、額から目のあたりまで、縁からのぞいた。男か女かわからない。死んだ魚みたいに濁った目の玉が、右に左に揺れ動いてから、ひたりとるいを見た。

――これは、よくないものだ。

子供の頃から嫌というほど死者の霊を見てきたるいだから、それくらいは一目でわかった。生きている人間だって、見た目である程度は善人か悪人かの判別がつくようなものだ。まあ、どう見ても悪人面だけど中身は良い人だった、ということもたまにはあるけれども。

今ここにいる霊は、うんとたちが悪い。おそらく、人が出会ってはならない類《たぐい》のもの。――つまり、悪霊だ。

るいは片手を傘の柄から離すと、懐《ふところ》から護符を取り出した。数日前に、冬吾から渡されたものだ。匂い袋の代わりにこれを持っていろと言われて、なぜ代わりが必要で、おまけに護符なのかしらと不思議に思ったものの、言われるままに身につけていたのである。

「ほら」

一寸（約三センチ）ほどに折り畳んであったそれを広げて、目の前の顔に突きつけてやった。

が、怪異の相手は微動だにしない。

（効かないのかしら）

どうやら役に立たないらしいので、片手で苦心しながら護符をまた畳みなおして、懐に押し込んだ。

「あんた、何がしたいのさ」

空腹だということもあって、るいはなんだか腹が立ってきた。

（悪いけどこっちは妖怪のお父っつぁんを見慣れているんだから、今さらこの程度じゃ驚かないわよ）

「黙ってないで、何とか言いなよ。口がきけないわけじゃないんだろ？」

するると、亡者の顔が逆さのままずるりとまた下がって、鼻が見え、すぐに大きく裂けた口が見えた。

その口が、まるでるいを嘲笑《あざわら》っているように、ニイィッと歪んだ。

それでいよいよ頭にきて、るいは傘を乱暴に揺さぶった。亡者の身体が橋板の上にぼとっと落ちる。襤褸《ぼろ》をまとった姿は一応、人のかたちをしているが、手足を奇妙に曲げて四つん這いになった格好は、醜い虫みたいだ。

悪霊は、顔に垂れ下がった髪の隙間からるいを見上げて、また嗤《わら》った。

ところで、るいは死者の姿が見えるだけでなく、触れることもできる。そして、幽霊というのは彼女にしてみれば、紙きれ程度に軽いものだ。

なので、るいは這いつくばっている悪霊に向かって足を踏み出すと、躊躇《ちゅうちょ》なくその襤褸布みたいな襟首を摑んだ。ひょいと持ち上げて、「えいっ」と力いっぱい放り投げた。

悪霊はきれいな弧を描いて橋の手すりを越え、堀へ落下した。この世のものではないだけあって、飛沫《しぶき》のひとつもあがらない。そのまま水の中に音もなく沈んでいったのを見届けたとたん、るいの腹がぐうと音をたてた。

「大変。急がないと、賄いを食べ損なっちゃうわ」

足もとに気をつけながら、るいは小雨の中を早足で歩きだした。

さて。

実はこの時、物陰に身を潜ませて事の一部始終を見ていた者がいたことを、るいは知るよしもない。

その人物は、彼女が橋を渡ってせっせと歩き去るのを睨みながら、

「なんだ、あの娘は……？」

呆れたように、ぼそぼそと呟いていたのだった。


「悪霊だと？」

るいが昼餉をすませて九十九字屋に戻ってから、ほどなくして冬吾も外出先から帰ってきた。

土間で足についた泥はねを拭っている冬吾に、るいはさっきの出来事を話した。冬吾は顔をしかめて途中まで聞いていたが、

「部屋で詳しく聞く。冷えたので、白湯《さゆ》を持ってきてくれ」

そう言って、二階へと上がっていった。

るいは火鉢に鉄瓶をかけて、湯が沸くまでの間に手早く、冬吾が使った桶と手拭いを片付けた。そうしてふと見ると、部屋の片隅で三毛猫がせっせと濡れた身体を舐《な》めて身《み》繕《づくろ》いをしているものだから、首をかしげた。

「ナツさん、外に行ったんですか？　雨は苦手だって言っていたのに……」

ああ、と三毛猫は顔をあげた。桃色の舌をちろと動かすと、

「ちょいと野暮用でね。大丈夫、店番はきっちりしていたさ」

「風邪をひきますよ。もっとちゃんと、火鉢のそばで乾かさないと」

あやかしが風邪などひくものかねと、ナツは猫の顔で笑った。

そうこうしているうちに鉄瓶がしゅんしゅんと音をたてはじめたので、るいは湯呑みに白湯を注いで、冬吾のもとへ運んだ。

「それで？」

冬吾は湯呑みを受け取ると、話のつづきを促《うなが》した。

るいはあらためて、覓屋に行く途中で出くわした亡者の話をした。最後に悪霊を橋か

ら放り投げたくだりを聞くと、冬吾は何とも言えない表情で、

「……まあ、それで退散したのなら良しとしよう」

寸の間黙り込んでから、呟いた。

「でもそれだけじゃないんですよ」

るいは憤然とつづけた。

「帰り道でも、別の悪霊があらわれたんです」

その通り、なんと筧屋から店に戻る時にも、今度は橋を渡るずっと手前で亡者が出現したのだ。

「こう、どんよりとした黒っぽい空気に包まれていて、一応人間の姿をしているくせに、ぬかるみの中をぐねぐねと蛇みたいに這いずって、それがけっこうな速さであたしに近づいてきたんです。もう、見るからに悪そうなやつでした」

死人もああなっちゃお終《しま》いねと、るいは鼻息を荒くする。

「ほとんど化け物だな。そんなものと一日に二度も遭遇したとなると――」

偶然のわけはないと口の中でひそりと呟いて、冬吾は目を細めた。

「それで、どうしたんだ」

「ああ、はい。足もとまで来たので、力いっぱい蹴飛ばしたら、ぱあって消えちまいました」

「蹴飛ばした……？」

「あんなのがうろうろしていたら、たとえ見えなくたって、うっかり蹴躓《けつまず》いて転ぶ人がいるかも知れませんからね」

ふんと胸を張るるいをしばし見つめて、冬吾は「そうか」と気が抜けたように言った。

「おまえが阿呆《あほ》なほど能天気で、ありえないほど肝が太いのはもう十分わかっているが、それでも一応は気をつけろ。以前に霊に取り憑《つ》かれたり、祟られて人並みに寝込んだことだってあっただろうが」

調子に乗って悪霊を投げたり蹴飛ばしたりするなと、小言めいたことを言われて、るいは「はい」とまずはしおらしく、うなずいた。

「でも……今日見た悪霊は、前にあたしが寝込む羽目になった相手とは、ちょっと違ってて……」

「何がだ」

「そりゃ、悪いっていうかもう、これぞ悪霊って感じだったんですけど。なんていうか……」

るいは右に左に首を捻ってから、言った。

「あたしに悪さをするためというより、ただ脅すために出てきたって気がしたんです」

どうしてそう思ったのかは、わからない。でも、傘の上のやつも地面を這っていたやつも、見かけた時にるいはそう感じたのだ。

「脅すためだけ……？」

冬吾は考え込むようにしてから、傍《かたわ》らの文机に手を伸ばした。

「これを持っていろ」

差し出されたのは、またも護符である。るいは首をかしげた。

「前にもいただいてますけど」

「用途が違う。これは悪霊退散の符だ。一応、持っておけ」

ああそれでと、るいは思った。先にもらった護符は悪霊向けではなかったから、効かなかったわけだ。……でも、それじゃ、今持っているのは何に効くのかしらん。冬吾様は、『魔除け』だと仰っていたけど。

二枚目の護符を受け取って、それも懐に入れながら、

（こんなに御札ばかり持ち歩いているなんて、まるで千社札《せんじゃふだ》だらけの鳥居にでもなった気分だわ）

ちょっとばかり、るいはそんなことを思ったのだった。

るいが空の湯呑みを持って台所に戻るのを見計らったように、三毛猫が足音を忍ばせて部屋に入ってきた。

「雨は嫌だねえ。すっかり濡れちまったよ」

文机に頬杖をついた冬吾の傍らに座って、前肢でくるりと顔を撫でる。

「でもま、こんな陰気な日は、亡者をけしかけるにゃうってつけだ。このところの春の陽気の中じゃ、いくら悪霊でもとんだ昼行灯《あんどん》さね」

「……けしかけた、か。やはりそういうことだろうな」

冬吾の言葉に、ナツは前肢を下ろした。

「あんたに言われたとおり、るいが外に出る時には目を離さずにいたんだけどさ。――おかげで今日は、それらしい奴を見かけたよ」

「いたか」

「物陰からずっとるいをうかがっていたところを見ると、間違いないだろうね」

中年の男だったとナツは言う。さらに詳しい特徴を聞いて、冬吾はうなずいた。

「確かに、るいの背後に見えた顔と合致するな」

「化け物まがいの亡霊を呼び込むような相手だよ。あんた、大丈夫かい？」

「その悪霊を、るいはあっさり撃退したわけだが」

違いない、と三毛猫はヒゲをそよがせて笑った。

「あの時のあの男の顔といったら。これに懲《こ》りて、二度と同じ手は使ってこないだろうねえ」

「とはいえ、これで手を退《ひ》くつもりはないだろう」

「やれやれ。あんたよっぽど恨まれているんだね。毎日出歩いているところをみると、あんたももう、見当はついているのだろうけど」

見当をつけてその相手の情報なりと仕入れに行っていたんだろうと、ナツは言う。

冬吾はふんと小さく鼻を鳴らした。否定はしないので、ナツは彼が先をつづけるのを待った。

「――生石《いきいし》というモノを知っているか？」

「なんだい、いきなり」

イキイシと繰り返してから、ナツは目を細めた。

「聞いたことはあるよ。石ってのは魂が入り込みやすいからね。それ自体があやかしになっちまうこともあるそうな。石のくせに吠えたりしゃべったり、虫や鳥を食ったり、子を産むモノまでいるって話さ。……それがどうしたって？」

「確かに石そのものが化けることもあるが、たいていの場合、生石と呼ばれているのは石の内部の洞に入り込んだ魂が、あやかしと化して棲みついたモノのことだ。実際、そういった事例は幾つか、文献にも出てくる。石を割ったら、水と一緒に魚や虫のような生き物が出てきたらしい」

「へえ。魚とか虫とか。たいしたもんじゃないねぇ」

「大物は、容易《たやす》く人の目に触れるものではないからな」

そう言ってにやりと唇を歪めた冬吾の顔を、三毛猫はしげしげと見上げた。

「――そういえば、思い出したよ。何年か前に、店に石を持ち込んできた客がいたはずだ。その石が祟るとか言ってね」

「いたな」

やれやれと、三毛猫は首を振る。

「いきなり石のあやかしの話なぞはじめるから、何かと思ったじゃないか。ひょっとすると今度のことは、あの時の石が関係しているってことかい？」

「まあ、持ち込まれた時は、『福石』と呼ばれていたが」

うなずいて、冬吾は腰を浮かせた。

「さて、蔵をのぞいてみるか。どこに仕舞《しま》ったのだったか」

「蔵へ行くのだったら、作蔵にきっちりと言い含めといておくれよ」

ナツはぱたりと尻尾を揺らすと、部屋を出て行こうとする冬吾の背に、声をかけた。

「念を送るのも駄目、悪霊を使うのも駄目となったら、業《ごう》を煮やした誰かさんがもっと手荒な手段に出ないともかぎらないからさ。――そうなった時に、相手をぶちのめすのはけっこうだけど、せいぜい三途《さんず》の川を渡る一歩手前くらいにしてやれってね」

五

（絶対にヘンだわ）

店の前を箒《ほうき》で掃きながら、るいは思った。

このところ、どうもみんなの様子がおかしい気がしてならないのだ。

たとえば筧屋への往復や、ちょっとしたお使いで外へ出る時など、ふと見ると塀の上の三毛猫と目があったりする。こんなところでどうしたんですかと訊ねると、なにこの辺りを散歩しているところさ、というのが毎度のナツの返事だ。

(お父っつぁんは、やたらに壁から離れるなってうるさいし)

冬吾からは『魔除け』と『悪霊退散』とは別にまたひとつ、護符を渡された。冬吾が何も言わなかったので、何に効くのかよくわからない。きっちりと折り畳まれてあったそれを、後でこっそり開いてみたら、墨で黒々と『鳥』とだけ書かれてあった。護符に書かれていることなどるいにはついぞ理解できないが、たった一文字だけとなると、ますます首を捻ってしまう。まさか『鳥除け』というわけではなかろう。

ともあれ、言われたとおりに持ち歩いてはいるが、

(こんなに御札ばかり身につけている人間なんて、他にいないわよ)

懐ががさがさすると、るいはため息をついた。千社札だらけの鳥居の喩《たと》えも、いよいよ冗談ではすまなくなってきた。

これまでも冬吾から護符を渡されたことはあったが、それはいつもるいの身に危険がせまっているという、のっぴきならない事情がある時だった。

(とすると、あたし今、何かのっぴきならないことになっているのかしら)

箒を持つ手を止めて、心当たりがないなあと首をかしげる。

見上げれば空はどこまでも澄んで青く、陽射しは穏やかに暖かい。時おりそよぐ風も心地よく、世の中には憂さなど何ひとつないように思われる。

(あ、でも何日か前に悪霊を見たんだった)

一日に二度もあんなたちの悪い亡者に出くわすなんて、あたしったら巡り合わせが悪いわねと思ったものだったが。

もしかしてあれは、たまたまのことではなかったのだろうか。

心ここにあらずでまたのろのろと箒を動かしながら、るいは考え込んだ。

そもそもおかしな事のはじまりは、お使いの道のりを冬吾が後ろからずっとついて来たということで、やっぱりあれはどう考えても、「暇だったから」ではすまない気がする。

(ううん、待って。違う)

匂い袋だ。

はたと気づいて、るいはあっと小さく声をあげた。

思い返せば、周音から匂い袋をもらってからではなかったか。そのあたりから、冬吾はいやに不機嫌だったり、妙な態度をとったり、おかしな行動をしていたように思う。

(……だけど、あの匂い袋が何だっていうのかしら)

魔除けだからナツさんやお父っつぁんには受けが悪くて、冬吾様にはあたしに似合わない香りだって言われて、その他に何があったっけ。

るいは眉間に皺が寄るほど、考え込んだ。掃除のことなどすっかり忘れて店の前に立ち尽くしたまま、じっくりと考えた末に、そうかと確信をこめてうなずいた。

「きっと、そういうことだったんだわ」

箒を戸口の横に立てかけて、るいはそっと店をのぞき込んだ。

今日の冬吾は朝から部屋に閉じこもったきりだ。よくあることだし、当分は階下に顔を出さないだろうこともわかっている。

(こうなったら、周音様に会わなくちゃ)

辰巳神社へ行くと言えば、冬吾は理由を問うにきまっている。だから今のうちにこっそり抜けだすしかない。あとで叱られるのは覚悟の上だ。

るいはそそくさと襷を解くと、急ぎ足で店をあとにした。


辰巳神社のある猿江町を目指して歩いていくと、ほどなく小名木川沿いに大きな屋敷が建ち並ぶ武家地となる。両脇に高い塀が連なる道に差し掛かったところで、

「おいおい」

待ちかまえていたように、作蔵の声が聞こえた。

「店主に黙ってどこへいくつもりだ、おめえは？」

「周音さまのところよ」

「はぁ？　なんだってあの野郎のところへ」

「あのね、お父っつぁん。——あたしに隠してることがあるでしょ」

るいは足を止めると、周囲にひと気がないのを確かめてから、腰に両手をあてて壁と向きあった。

う、と作蔵は唸った。顔は見せないが、声だけでうろたえていることはわかる。

「ななな何のことでい。俺はべつに、おまえに、か、隠しごとなんざ」

「してるでしょ。お父っつぁんだけでなく、冬吾様もナッさんも。どうして言ってくれなかったのよ」

「だ、だから何を」

「あたしを恨んでいる女がいるってこと」

へ、と作蔵は間の抜けた声をあげた。

「女？　それがおめえを……って、なんでおめえが恨まれるんだ？」

これは嘘偽りなく怪訝《けげん》そうな声であったが、るいはかまわず、さっき思いついたことを勢い込んでしゃべりだした。

「きまってるじゃない。あたしが周音様からいただいた匂い袋のせいよ。ううん、あたしが周音様から匂い袋を受け取っちまったせいなんだわ」

断言してから、そういやお父っつぁんは知らなかったっけと気づく。ナッさんが『匂い袋の贈り主』の話をしている時には、お父っつぁんはふて腐れて、もうその場にはいなかったもの。

「あの匂い袋は、周音様に片恋をしている女が、自分の想いを伝えるために周音様に贈ったものだったの。それを当の周音様が他の女に渡しちまったんだもの、そりゃあ怒るわよね。惚れた一念を邪険にされたんだから、恨み骨髄だわよ」

きっとその女は、匂い袋が別の女の手に渡ったことを、どうしてだか知ってしまったに違いない。そうしてどうやってか、相手がるいであることまで突きとめたのだとしたら――。

「嫉妬に狂ったその女は、あたしのことを恋敵だと思い込んで、呪いの願掛けをしたのよ。そうして悪霊をけしかけたり、生き霊になってあたしに取り憑こうとしているわけ。ほら、げに怖ろしきは女の執念ていうでしょ」

「……なんだか、どっかで聞いたような話だな」

「うん。お芝居の筋書きだと、たいていそうじゃない。それで、悋気《りんき》の鬼と化した女は憎き恋敵を祟った後で、次はいよいよ、薄情な男に『あなうらめしや』とか言いながら復讐するのよね」

言ってから、るいはハッとして「あら大変！」と叫んだ。

「だったら周音様の身も危ないってことだわ」

早く教えてあげなきゃと、今にも駆け出そうとしたるいを、「待て待て」と作蔵は引き留めた。文字通り、壁から顔と腕を突きだして、子猫の首根っこでも摑むように、るいの後ろ衿《えり》をぎゅっと摑んで引き戻したのだ。周囲に人通りがなくて、幸いだ。

「きゃっ、放してよ、お父っつぁん」

るいを捕まえたまま、「なあ、おい」と作蔵が声をかけたのは、すぐ上の塀瓦《へいがわら》にいつの間にやらすまして座っていた三毛猫である。

「この馬鹿娘は一体、何を言ってやがるんだ？　俺にゃ、何のことだかさっぱりわからねえんだが」

「あ、ナツさん」

作蔵がやっと手を放したので、るいも塀を見上げて目を瞠《みは》った。

「どうしてここに？」

「散歩だよ。……と、毎度答えるのもそろそろ、面倒になってきたね」

ナツはため息をつくと、塀の上から地面に飛び降りた。ちり、と首輪の鈴が小さく響く。

「あんたね。周音のところへ行って、どうするつもりなのさ」

訊ねられて、えっととと、るいは口ごもった。

「……あたしが恋敵というのはとんだ誤解で、あたしは周音様に対してそんな気持ちは毛頭ありませんから、どうぞもう恨まないでくださいって、相手の人に伝えてもらえるようにお願いするつもりだったんです」

るいを見上げて、ナツはなんともいえない表情をした。――まあ、猫の顔だから仕方がないが、きっと人間の姿をしていてもそれはなんともいえないとしか言いようのないものだっただろう。

「それであんたは、あたしらがすっかりわかっていながらあんたには黙っていたから、腹を立てているのかい？」

「そんなこと――」

るいは驚いて、首を振った。

「違います。だって皆してあたしのことを、守ってくれていたんでしょう？　冬吾様が護符を幾つもくださったのも、ナツさんがあたしの外出先にいつもいたのも、お父っつぁんが壁のそばにいろいろってうるさくて鬱陶しかったのも、全部あたしのためだったんですよね？」

なんで俺だけ迷惑そうなんだと、作蔵がぶつくさ言う。

「でもどうして、あたしには教えてくれなかったんですか？」

「そうだね。冬吾は言うなと言ったけど、あんたにはもっと早くに打ち明けてもよかったかもしれないね。そりゃ、あんたがこんなふうに勘違いしたって仕方がないよ」

「勘違い？」と、るいはきょとんとした。

ナツはくっくっと喉を鳴らして笑った。

「あの匂い袋の『贈り主』なんて、本当はいなかったのさ。客にもらったってのは、周音の嘘だよ。匂い袋を返しに行った時に、本人にそれを確かめたんだから間違いない。――まあ、周音も隅に置けないなんて、最初にいらんことをあんたに吹き込んだのは、あたしだったからね。悪かったよ」

「え……」

話が呑み込めずに、るいはそこに立ち止まったままぐるぐると考え込んだ。その時、遠くから物売りの声が聞こえたもので、作蔵は「おっと」と呟いてするりと塀の壁に姿を消した。ナツも心得たようにすんと普通の猫の顔をして、通行人におやつをねだるふりでるいの下駄にじゃれついた。

威勢の良い声と足音とともに、青物の籠《かご》を下げた棒手振《ぼてふり》が道の向こうからやって来て、そのまま目の前を通り過ぎて行くのを、るいはぼんやりと見送った。

（ええと、つまり……）

匂い袋の『贈り主』はいなかった？　それは、周音に恋情を抱いて匂い袋を渡した女はいなかったということで、……と、すると……。

あれれと、るいは思った。自分の顔を指差して、

「あの、それじゃ、あたしは一体誰に恨まれているんでしょうか？」

「だからさ、あんたじゃないんだよ。恨みをかったのは冬吾さ」

ナツは青物売りの姿が少し先の角を曲がって消えたのを見届けると、るいの足もとに座り直した。

「え、冬吾様？」

「そいつを言っちまって、いいのかよ」と、壁の中から作蔵のくぐもった声がした。

「これ以上、話がややこしくなったら困るだろ。前々から言ってるけど、冬吾は気遣いとか優しさってものが、見当違いなんだよ。いつまでも黙ってりゃいいってもんじゃない、ここまできたら知っておいたほうがるいの身のためってこともあるさ」

思わせぶりに言ってから、ナツはるいの足を軽くつついた。

「抱き上げとくれ。あんたの顔をずっと見上げてたら、首の筋がつっちまうよ」

言われた通り、るいは三毛猫の身体を腕に抱き上げた。そうしていれば、次に誰が通りかかろうと、たいして不自然な格好には見えないだろう。遠目に、猫にせっせと話しかけているおかしな娘、くらいには見えるかもしれないが。

「恨まれているのは冬吾だが、相手が目をつけたのはあんただ。それで冬吾が、あんたが危険な目に遭わないよう、策を講じていたんだ」

るいの腕の中で、ナツはころころと優しく喉を鳴らすような声で言った。なに大丈夫、全然たいしたことじゃないのさ、とでも言うように。

「その相手って誰なんですか?」と、るいは顔をしかめる。

「あんたの知らない人間だよ」

その人物がるいに悪念を送っていたこと、悪霊を使って脅したこと、冬吾がお使いを頼んだるいの後ろをつけていた理由、護符を渡した理由、自分と作蔵がずっとるいの周辺を見張っていたこと——など、ナツはこのところ起こったことをすっかり全部、るいに話して聞かせた。

言葉にすればたいして時間のかかる話ではなかった。なるほどそういうことかと、るいは目を瞠る思いであったが、わからないことはまだ幾つかあった。

「じゃあ、周音様があの匂い袋をあたしにくださったのは――」

「あの男が最初に気づいたんだ。あんたのまわりによくない気配があるってね。だから、貰い物だなんて方便で、お守り代わりにあんたにあれを持たせたのさ」

「そうだったんですか……」

　とたん、ナツはぷっと吹きだした。

「だけどまさか、周音のところへ乗りこもうだなんてねえ。ちょいと見てみたかったよ。いもしない女のことであんたにあれこれ言われた時の、あいつの顔をさ。普段が取り澄ましているぶん、さぞ見物だったろう」

　とんだ勘違いだったわと、今さらながら、るいは赤面した。こうしてナツや作蔵に止められなかったら、頓珍漢《とんちんかん》なことを言いたてて周音を困惑させるところだった。

(でも、よかった)

　本当のことを言うと、るいはほんの少し、心のどこかで周音に対してがっかりしていたのだ。――自分に恋心を抱く女性からの贈り物を、平然と他人に譲るなんて。たとえ応じる気のない相手でも、それじゃあ相手があんまり気の毒じゃないか。周音様はそんなに心の冷たい人なのかしら、と。

だから、自分の勘違いだったとわかってホッとした。あの匂い袋は、周音のるいへの気遣いだったと知って、ありがたかった。

（やっぱり、いい人だわ）

周音だけではない。皆がるいのことを心配してくれていた。それだけはるいが端から考えていたとおり、黙って何も言わずに見守ってくれていたのだ。そう思うと、るいの胸の中がじんわりとあったかくなった。

（冬吾様も……）

何より冬吾が、自分のために「策を講じて」くれていたというのが、るいはたまらなく嬉しい。あれもこれもあたしのためだったんだわと思うと、冬吾の行動が素っ頓狂で首を捻っていたことなど頭から素っ飛んで、さっきとは違う理由でるいはまた赤くなった。

「ありがとうございます。あたし、本当に何も気づいてなかったわ」

「礼を言うのはまだ早いよ。事は終わっていないのだからね」

それにあたしらはまだ何もしちゃいないと、ナツは苦笑まじりの声を出した。

「あんたときたら、悪い念を送られてもいつもとかわりないし、悪霊はとっとと自分で退けちまうし」

そう言われるとなんだか申し訳ない気がして、るいは思わず「すみません」と口ごもる。謝ることじゃないと、ナツはいっそう苦笑した。

ところで、わからないことがもうひとつ。

「あたしが目をつけられたって、どういうことなんでしょう」

恨みは冬吾に対してのものだが、恨んでいる相手はるいに目をつけたと、ナツは言った。その意味がわからずに、るいは首をかしげた。

一瞬黙り込んでから、ナツはふっと小さく息を吐いた。

「そりゃね、あんたに何かあったら冬吾が困るからさ。冬吾にとっちゃ、自分が危害を受けるほうがよほどましだろう」

ああ、とるいは大きくうなずいた。

「何しろ九十九字屋の奉公人は、あたし一人ですものね」

まさか冬吾様にそこまで頼りにされていたなんてと、さも嬉しげな娘をしばし見つめて、ナツは今度は大仰にため息をついた。

「……あんたもそれでいいのかい。まったく冬吾といい、あんたといい、二人揃《そろ》ってどうしようもないねえ」

「え？」

なんでもないよと言ってから、ナツはすうっと目を細めた。

「さて、立ち話はここまでだ」

るいの腕の中からぽんと地面に飛び降りると、塀を見上げた。作蔵、と呼びかける。

「さっきあたしらの前を通り過ぎて行った青物売りだけどさ。まだ、そのへんにいるかい？」

「おう、ちょいと見てくるから待ってな」

返事とともに、作蔵の気配がその場から消えた。

ナツの声が急に険しくなったので、るいは驚いた。さっきの青物売りがどうしたのかと訊ねるより先に、

「思い過ごしならいいんだけどね。あの棒手振、威勢のわりにゃ、天秤棒の担ぎ方がてんでなっちゃいなかったよ。それに、ちらとあんたを見た時の目つきが、どうにも気にくわなくてね」

その言葉に、るいは思わず、先ほど青物売りが姿を消した道の角に目をやった。青物

売りはるいと同じ方角から来て、先を越すかたちで行く手に見える横手の路地に入っていったのだ。

「――いやがったぜ。路地を入ったところで、籠を下ろして一休みって面で座り込んでやがる」

戻って来た作蔵が、言った。その声には遠くで聞こえる雷みたいに、ごろりと重いような不穏な響きがあって、ああお父っつぁんは今腹を立てているわと、るいは思った。

「一人かえ」

「いいや、似たような風体《ふうてい》の男がもう一人、一緒にいたぜ」

「おや。そいつは先回りして待っていたかね。どうせ金で雇われた連中だろうけど」

「あの、どういうことですか？」

るいだけが、状況が呑み込めないでいる。

「そいつらはその先で、あんたを待ち伏せしているんだよ。悪念を送るのも駄目、悪霊をけしかけても駄目だったから、今度は生きた人間を使って力ずくであんたを脅そうって魂胆だろ」

大方そんなこったろうと思っていたけどと、三毛猫は鼻に皺を寄せて言った。

「え、もしかしてあたしを脅迫するとか、拐《かどわ》かすとかする気で!?」

「まあ、そういうことだろうね」

るいは目をむいた。さすがに相手が生きた人間で大の男となると、幽霊のようにぶん投げるというのは無理というものだ。

「じゃあ、先には行かないで、このまま引き返したほうがいいかしら」

「それも考えたけど、引き返したところでどうせ追いかけてくるだろう。へたに町中で絡まれたら面倒だよ。あっちの通りは人目もあるし、ここいらみたいなご立派な塀もないからねえ」

なるほどと、るいは思った。

長屋やお店の薄い板塀じゃ、ぬりかべのお父っつぁんは顔も出せやしない。ちょうどいい壁のある場所でも、武家地よりよほど人の往来は多くなるから、お父っつぁんが姿を見せたら与太者に絡まれる程度の騒ぎじゃすまなくなる。――だからここで相手をやっつけちまおうと、ナツは言っているのだ。

ナツさんもお父っつぁんとどっこいで頭にきているんだと、るいは気づいた。

(あたしだって)

待ち伏せされているとわかって、腹の辺りがムカムカする。るいはぐっと両の拳を握った。

(何の理由で冬吾様を恨んでいるのかは、知らないけど)

亡者の恨みとか愚痴《ぐち》なら、まあ場合によっては聞いてやらないでもない。彼らはもう後戻りができないからだ。でも生きている人間なら、他人を恨んでいる暇があったらもうちょっとやることはあるだろうと、るいは思う。だって、生きているのだもの。死者と違ってまだ時間はあって、いろいろと自分で決めることも変えることもできるのだもの。

しかも、このやり方はずいぶん卑怯だと、考えれば考えるほど、るいはカッカしてしまった。

(冬吾様を恨んでいるというだけでも許せないのに、これじゃまるで、冬吾様への当てつけじゃないの。関係のない、奉公人のあたしに目をつけるなんて)

るいは憤然と路地の角を睨んで、足を踏み出した。

「行くわよ、お父っつぁん」

「お待ちよ」とナツ。「あんたはここで待っていてもいいんだよ。あたしらだけで片はつくから」

いいえと、るいはきっぱりと首を振った。こうなったらあそこで待ち伏せしているというう連中に文句のひとつも言ってやらなければ、こっちの腹がおさまらないというものだ。それはもちろん、ナツや作蔵の助けがあってこそだけれども、それでも全部二人にまかせて自分だけがここで見ているだけというわけにはいかないと、るいはむんと胸を張った。

その胸の内がわかりやすく顔に出ていたのだろう。ナツはそれ以上は引き留めず、代わりに、

「あんた、冬吾からもらった三つめの護符はちゃんと持っているかい？」

訊かれてるいは、思わず懐に手を置いた。

「はい、ありますけど……」

なら大丈夫だと、ナツは猫の顔でにっと笑う。

「おっつけ、冬吾も駆けつけてくるだろうよ」

どういう意味かと問い返すより早く、三毛猫は塀の上にひらりと跳んだ。

「作蔵。あそこの男たちはまかせたよ。まさか二人ばかりに手こずるなんてことはなか

ろうね？」

「あたぼうよ。けど、おめえはどうするんでい」

「ちょいとその辺を捜してみようと思ってさ」

どうせ主謀者は近くにいるはずだからと、ナツは楽しげに言った。

六

待っていてもるいがなかなかやって来ないので、痺《しび》れを切らしたのだろう。路地の角までもあと少しというところで、男たちが先に通りに出てきた。一人は確かに先ほどの青物売りで、どうやら天秤棒と籠はうっちゃってきたらしく手ぶらである。

通りすがりを演じるつもりもないらしく、二人は堂々とるいの行く手をさえぎって、目の前に立ちふさがった。

「何かご用ですか」

それとなく塀のそばに身を寄せながら、るいはつんと顎を反らせて交互に相手を睨んだ。予想外に強気な態度だと思ったのか、男たちは一瞬顔を見合わせてから、ニヤリとした。

「まあ、ちょいとな。ある人に、あんたを連れて来るように頼まれたもんでね。このまま一緒に来てもらうぜ」

青物売りに扮していた男がまず口を開き、もう一人が安心しなと相変わらずニヤニヤ笑いながら続けた。

「おとなしくしてりゃ、こちとら手荒な真似《まね》をするつもりはねえ。怪我はさせるなって言《え》われてるからな」

いかにも三下が言いそうな台詞《せりふ》だわと、るいは思った。それにしたって不用心すぎやしないかしら。いくら人通りの少ない武家地の通りでも、まだ昼間なのだから、ふいに誰かが通りかからないともかぎらないでしょうに。

「じゃ、行きましょ」

るいは、男たちが出てきたばかりの路地を指差した。

「……は？」

「へ？」

男たちの嫌ったらしい笑い顔が、そのまま固まる。呆《ほう》けた声をそろって上げてから、また顔を見合わせた。

「あのね。こんなところを他人様《ひとさま》に見られたら、困るでしょ。もしそれが二本差しのお武家様だったりしたら、あんたたち、うんと面倒なことになるわよ」

「それは……まあ……」

「ち、違いねえな」

こっちだってお父っつぁんの姿を見られるわけにはいかないのよと思いながら、るいは強引に男たちの間をすり抜けて、路地に踏み込んだ。

「おい、待て」

「え、待つの？」

「あ、いや……あってるけどな、そっちの路地で」

相手は小娘だ、少々脅せば竦み上がって容易く連れ去ることができる。多少抵抗されても、その時は力ずくで——と、考えていたであろう二人は、るいに向かって手を伸ばしたり引っ込めたりしながら、彼女の後ろについていく格好になった。

両脇は高い塀、屋敷と屋敷の隙間みたいな細い路地の真ん中あたりまで来て、るいは足を止め、男たちを振り返った。

「それで？　あんたたち、あたしをどうしようっての？」

塀を背にして、少し首をかしげて相手を見やる。

「言ったろうが。おまえを連れてくるよう、言われてるんだよ」

怪訝そうに首を捻っていた男たちは、ようやく気を取り直したように凄《すご》んだ。

「ふぅん。誰に言われたのよ」

「そいつは言えねえな」

ふぅん、と、るいはまた鼻を鳴らすように呟いた。まあ、そうだと思ったわ。どうせ名前を聞いたってわからないだろうし。

「あんたたち、いつもこんなことをやってんの？　他人を脅して連れ去るなんてこと」

「金をもらえるなら、何でもやるさ。人殺し以外はな」

「へえ、命は取らないんだ？」

「こっちが死罪になるんじゃ、割に合わねえからよ」

つまりはただの破落戸《ごろつき》だ。腹を据えて――という言い方もヘンだけど――悪事に手を染める度量もない奴らだ。とすれば口ほどの悪行も重ねてはいまい、どうせ端金《はしたがね》で雇われて、その金も賭場ですってすってんてん、やけ酒を飲む銭が手もとに残れば御の字といったところだろう。

一目で他人のあれこれがわかるほど人生経験を積んでいないし、作蔵にはしょっちゅう男を見る目がないと言われている、るいだ。だが――死者には山ほど出くわしてきた。本当に悪い奴も、本当に悪い出来事も知っている。るいなりに、人間の抱える本当に暗い部分だって見てきたから、わかることもあるのだ。

「言っておくけどあたし今、うんと腹が立っているの。文句ぐらい言ってやりたくて、ここまでつきあったんだけど、どうやらあんたたちに言ったところで仕方がないみたいね」

時間の無駄だわとるいはため息をついた。

「だけど、それなりに悪さはしてたんだから、自分たちが怖い目にあったって、それこそ文句を言う筋合いはないよね。因果応報って言葉もあるんだし」

男たちは一瞬目をむいてから、「こいつぁ、いいや」とげらげら笑った。

「おまえが俺たちを懲らしめるとでも言うのかよ」

「うん。そう」

正確にはあたしじゃないけどと、るいは小声でつけ加えた。

「強がるのもたいがいにしな。俺たちから逃げられるとでも思っているのか」

男たちはひとしきり笑ったあとで、尖った眼差《まなざ》しをるいに向けた。

「いつまでも立ち話でもねえや。とっとと歩きな。嫌なら引きずってでも連れていくぜ」

声を荒げると、片方の男がるいに手を伸ばし、乱暴に腕を捻《ねじ》りあげようとした。

その時。

「おい。いつまで待たせやがるんだ」

野太い声が路地に響いた。その場にいない者の声を聞き、男たちはぎょっとして、視線を泳がせた。

「もういいよ、お父っつぁん」

るいはうなずくと、塀に身を寄せるように後ろにさがった。

「あとはお願い」

とたん、男たちはぽかんと、だらしなく表情を弛緩《しかん》させた。

娘の背後の塀、その表面がぞぞっと波打ったかと思うと、そこに人間の顔が浮かび上がったのだから当然である。

「ひっ」

「な、なんだ、そいつは!?」

悲鳴をあげて逃げだす間もない。塀からしゅるりと五尺（約百五十センチ）ほども伸びた二本の腕が、それぞれ男たちの首を捕らえて、容赦なく絞め上げた。

「てめぇら、よくも俺の娘に手を出そうとしやがったな」

作蔵は塀からぬうっと頭を突きだすと、ぎょろりと睨んだ。

「ば……化け物……!?」

さっきまでの威勢もどこへやら、首を摑まれて身動きもできないまま、男たちは青ざめて瘧《おこり》にかかったように震えている。

「おうよ。俺ぁ、妖怪だ」

作蔵はニタリ、と笑う。一喝した。

「ぎったぎたにして、こねて丸めて薄くのばして細切りにして、ついでに湯がいてやるから覚悟しやがれ！」

それはお蕎麦《そば》だよ、お父っつぁん。と、るいは思った。

同じ頃――。

「遅い」

小名木川の川辺に、手にした扇子をせわしなく閉じたり開いたりしながら、苛々《いらいら》と呟いている人物がいた。

五十歳前後の、総髪《そうはつ》の男である。袖無し羽織に軽杉袴《かるさんばかま》のなりからは、生業《なりわい》がわかりにくい。

「何をしておるのだ、あいつらは」

何度目か、ぴしゃりと扇子を閉じたところで、背中に微《かす》かな物音を聞いた。小さな動物が、忍びやかに土を踏んだような。

振り返ると、女が立っていた。

匂い立つような美女である。毛先だけを括《くく》った洗い髪姿、浮世絵から抜け出たような白い顔に、口もとの笹色の紅が艶《なま》めかしい。

男が思わず見惚《みと》れていると、女はしなりと笑《え》んで、言った。

「あの二人なら来ないよ。今頃、三途の川をちょいと見物するあたりまで行っちまってるんじゃないかねぇ」

「なに、なんだと？」

男はぎょっと目をむいた。

何者だ――と問いかけようとして、思い出した。そうだ、九十九字屋に奉公しているあの娘、その傍らに時おり見かけることのあった女だ。遠目にも、たいした美女だとわかっていたが、面と向かって顔を見るのは初めてだった。

男が言葉を失っていると、美女はまた声なく笑った。今度は口の端をすっと上に引くような、剣呑《けんのん》な笑みである。

「あんたさ、るいにちょっかいを出したのはまずかったたね。あの店で、あの店主の下で働いている娘だ、ただの町娘とはわけが違う。覚悟も肝の据わり方もね。そのうえ、頼りになる護りがついている。あんたみたいな姑息《こそく》な手合いの手に負えるような娘じゃないのさ」

男は忌々《いまいま》しげに顔を歪めたが、言葉を返さなかった。るいが悪霊を難なく投げ飛ばし、蹴飛ばした姿を思い出して、あれを肝が据わっているの一言で片付けてよいものかと一瞬、疑問に思ったからである。

「ついておいでよ」

ナツは踵を返した。男は怪訝そうに眉を寄せる。

「どこへだ」

肩越しに相手を見返って、ナツはすうっと目を細めた。

「冬吾のところに決まっているじゃないか。——あんた、あいつに言いたいことがあるんだろう？　だったらコソコソしていないで、本人を目の前にしてきっちり言やいいのさ」

チチッと小さな鳴き声が頭上で響いた。

見上げると、小さな黒い影が舞い降りて、るいの肩にとまった。雀ほどの、名もわからぬ小鳥だ。

そのまま飛び立つ気配もないので、そっと指を近づけると、

「あら……？」

まるで空中に溶けるように、鳥は輪郭《りんかく》を崩して、消え失せた。一瞬触れた指先が黒く染まっているのを見て、るいは目を瞠る。

（これ、墨だわ）

その時だった。

荒々しい下駄の音が近づいて来て、路地に冬吾が飛び込んできた。

「冬吾様!?」

塀に片手をつき、肩を上下させて呼吸を整えながら、九十九字屋の店主は路地に視線を巡らせた。——るいと、まだ塀から頭を突きだしたままの作蔵、路地に転がって気絶している二人の男へと。

そうして、ふうっと大きく息をつくと、背中をしゃっきりと伸ばした。

「無事のようだな」

いつもと同じ、無愛想な表情と口調である。

「冬吾様、どうしてここへ？」

ナツが言ったとおりに冬吾が駆けつけてきたので、るいは驚いた。どうやってこの場所がわかったのかしらと、不思議に思う。

「護符を渡しただろうが」

言われて、るいは慌てて懐に手をやる。

（確か三つめのって、ナツさんは言ってた……）

折り畳んであった護符を広げて、るいは、あっと声をあげた。墨で記されていた『鳥』の一文字が消えて、ただの白紙になっている。

どういうことかしらと、るいはぽかんとしながら、真っ白な紙の表裏を返してみたり、もう一度畳んでから広げてみたりした。

「冬吾様、これは？」

「鳥を見たか」

面倒くさそうに、冬吾は顔をしかめた。

「あ、はい。黒い小鳥がいました」

「おまえに何かあれば、あれが護符から抜けだして私に知らせるようにしておいた。後を追いかければ、おまえの居場所もわかる」

たいして説明になっていないが、るいははっとした。指先についた墨に目をやる。

(それは、墨で書いた鳥って字があの小鳥になった……つまり、化けたってこと？　それで、冬吾様のもとへ飛んでいったから、紙から消えちまったってわけ……)

そういえば昔、手習い所の先生が「文字には魂がこもるのだから、一字一字丁寧《ていねい》に書くように」と仰っていたっけ。そうか、魂がこもるものなら、姿を変えて動きだしたって不思議はないわねと、るいは素直に納得した。父親が妖怪『ぬりかべ』になったことを思えば、たいていのことは「そういうこともある」で受け入れてしまえる、るいである。

もちろん、滅多にあることではないはずで、冬吾はそのための術か何か特別な方法を使ったのだろう。

そうして、るいの身に異変があったことを察知して、店から一散に走って来てくれた――あれほど息をきらせていたのだから、間違いない――のだ。

（あたしのことを、そんなに心配してくれたんだ……）

「なにをニヤけている？」

冬吾に気色悪そうに言われて、るいは慌てて緩《ゆる》んだ口もとを両手で引っぱった。

「にゃんへもありまひぇん」

呻《うめ》き声が聞こえた。

作蔵に拳をくらって伸びていた男たちが、もぞもぞと動いた。ようやく気がついたらしく、「痛《いて》ぇ」と顔をしかめながら、身体を起こした。額にたんこぶ、目の周りにはくっきり青あざ、鼻血のあとまであって、それはもうお手本のようなやられっぷりである。

ぼうっと呆けた表情でふらつきながら立ち上がろうともがいていたが、

「おい、おめえら」

その声に、破落戸どもはぎくりと身体を強張《こわば》らせた。塀から顔を出している作蔵を見て、わっと悲鳴をあげる。そのまま這うように逃げだそうとした二人の足を、作蔵は腕を伸ばして難なく捕らえた。

「ここであったことは、誰にも言うんじゃねえぞ。俺のことを他人にべらべらとしゃべったりしやがったら――」

みなまで言わず作蔵が怖い顔で睨みつけたので、男たちは震え上がった。

「か、勘弁してくれ！　助けてくれぇぇ！」

「言わねえ！　誰にも言わねえよぉ！」

悲鳴というよりもはや泣き声をあげる二人に、作蔵はニヤリとして手を放す。とたん、男たちは鞠が跳ねるように立ち上がって、わあわあ叫びながら先を争って路地を飛びだしていった。まだそれほどの元気が残っていたのだから、たいしたものだ。

「それで、どういう経緯でこうなった？」

冬吾に問われて、さて困ったわとるいは首をすくめた。

匂い袋のことで周音に会うつもりだった……などと言おうものなら、冬吾が怖ろしく不機嫌になるのはわかりきっている。最初から叱られるのは覚悟の上だったが、発端が自分の勘違いとなると、なんとも説明しにくいし、話がずいぶんと長くなるだろう。

ええと、と口ごもっていたら、思わぬところから助け船が出た。

「るいはもう全部知っているよ。あたしが話したからね。——あんたが恨まれていることも、そのとばっちりでさっきみたいな連中に絡まれる羽目になったってこともね」

塀の裏側から、三毛猫がひょいと飛び上がって姿を見せた。塀瓦に座って、渋い表情になった冬吾をすまして見下ろす。

「なんだい、あんたの言う経緯ってのは、そういうことだろ。るいがどこまで気づいているかってことじゃないのかえ？　もう隠す必要はないんだから、いっそ都合がいいじゃないか」

冬吾は小さく息をついて、「そうだな」とうなずいた。

「ところで、意趣返しの本人が路地の先であんたを待っているよ」

「ほう。よくこちらの話にのってきたな」

些《いささ》か意外そうに、冬吾は言う。

「もう手が尽きたんだろ」

聞いていて、るいは目を丸くした。

ナツの言う路地の先とは、さっき男たちが逃げ去ったのとは反対側の、川辺の方角だ。そこに、冬吾を恨んでいる人物が逃げもせずに待っている……とは、どういうことだろう。しかも、端からそうなるよう打ち合わせてでもいたみたいな冬吾とナツのやりとりだ。

首を捻りながら冬吾について行くと、果たして路地を抜けたところに、男が立っていた。

「江戸に舞い戻って、また易者を始めるつもりか？」

憎々しげな視線を向けてきた男に、冬吾は淡々と声をかけた。

「久しぶりだな、井田祐幻《いだゆうげん》」

七

九十九字屋の座敷に、冬吾と井田祐幻が差し向かいに座っている。

ナツは猫の姿でいつものように階段に陣取り、作蔵は土間かどこかの壁にいるのだろう。主人と客――と言っていいのかどうかわからないが――に茶を出し、盆を抱えて座敷の隅に腰を下ろしてから、るいははてと首をかしげた。

（どうして、こうなったのかしら）

目の前にいる人物は紛《まぎ》れもなく冬吾に恨みを持つ者で、なのに恨み恨まれた両者がこうして向かい合って茶を啜《すす》っているというのは、なんとも奇妙な光景だ。まあ、どちらも再会を喜んでいる様子はないので、口を開けば楽しい会話、というわけにはいかないだろうけど。

この成り行きの発端は、

――貴様の目的はわかっている。あれを返せと言うのだろう。

――うちの店に来るのなら、話を聞こう。

あの路地で、冬吾がそう言い、よかろうと祐幻が応じたからだ。そこから六間堀町まで、一緒に戻ってくる間の気まずいことといったらなかったと、るいはこっそりため息をついた。

そもそもこの井田祐幻という男は、何者なのだろう。冬吾との因縁が何もわからないので、るいとしてはこの先はひたすら耳を傾けているしかない。

「待っていろ」

冬吾は湯呑みを置くと、立ち上がった。二階に上がり、すぐに木箱を持って戻ってきた。

「それは」

箱を一目見て、祐幻ははっと腰を浮かせた。

「無論、見覚えがあるだろう。千州屋の番頭が、うちに持ち込んだものだ。箱の中身は、貴様が千州屋五十兵衛に高値で売りつけた『福石』なるものだったな」

「売りつけたとは、人聞きの悪い。こちらは断ったのに、千州屋が是非ともと頼み込んでくるから、絆《ほだ》されて譲ったまでのことだ」

「それが貴様の手だろう。相手がどうしてもその品を手に入れたくなるよう、巧みに仕向けるのが、騙《かた》りの手口だ」

ふん、と祐幻は鼻を鳴らした。

「いかなる時も、わしは易の結果をねじ曲げたこともなければ、相手に何かを無理強いしたこともないわ。それで騙されたと言われても困る」

居丈高《いたけだか》に言ってから、祐幻はその目に露骨に疑いの色を浮かべた。

「あの時には返さぬと突っぱねたものを、今になって話を聞こうとはどういう料簡《りようけん》だ。その石を返すつもりがあるのか、ないのか。……それとも、もしやまた、わしを嵌《は》めるつもりか？」

「それこそ人聞きが悪い。あの時貴様を糾弾したのは、私ではなく、貴様のせいで損を被《こうむ》った者たちだ。貴様が江戸から逃げだす羽目になったのは、謂わば自業自得というもの。逆恨みをされる筋合いはないな」

冬吾は、睨みつけてくる相手の視線に臆することなく、

「正直なところ、貴様の騙りなどどうでもよかった。騙された者たちにも落ち度はあった。――だが、ひとつ、貴様はやってはならないことをした」

冷ややかに言い放った。

「龍の潜む生石を、他人を偽る商売道具になどしたことだ」

「えええっ、龍……!?」

ぴりぴりするような会話に、思わずまぬけな声で割り込んでしまい、るいは慌てて手で口を押さえた。すみませんと、首を縮める。

それまで隅っこにおとなしく控えながら、騙りだの逆恨みだのと二人が交わしている物騒な言葉の切れっ端から、いろいろと想像を逞《たくま》しくしてみたものの、当然ながら過去に何があったかなど、るいにはさっぱりわからない。蚊帳《かや》の外でぐるぐると考え込んでいたところに、思いがけない言葉が耳に入って、うっかり声をあげてしまったのだ。

だが、おかげで――まるで、目の前でぽんと手を叩かれて我に返ったように――怒気をおびて前のめりになっていた祐幻の表情が、ふと静まった。というより、困惑したように眉を寄せた。

「待て。なぜ中にいるのが龍だと知っている？」

「ああ、それは」

冬吾は手もとの木箱を持ち上げて無造作に蓋《ふた》を取ると、逆さにした。

――からからと音をたてて、石の破片が畳の上にこぼれ落ちた。

「実はこういうことでな」

「な……」

祐幻はがくんと顎を落として口を開けたまま、絶句した。

「水をかけたら、割れてしまったのだ」

平然と言って、冬吾は破片を幾つか、祐幻の前に押しやった。それをひったくるように手に取り、祐幻はまじまじと凝視する。艶のある白地に浮かび上がった線状の緑色、くだんの石のかけらに間違いないとわかったようで、祐幻の顔が見る見る赤黒く染まった。

「なんということを！」

「千州屋の番頭が、この石は水に濡れるととんでもない祟りをなすと言ったのでな。それで祟りとはいかなるものかと思い、試しに庭で盥《たらい》に入れてから、たっぷりと水をかけてみた」

すると、石の表面に亀裂が走り、卵の殻が砕けるがごとくに石はひとりでに割れてしまったと冬吾は言う。

「それで龍はっ？　龍はどうしたのだ――!?」

「うむ。石の中から飛びだして、あっという間に天に昇り、そのまま消えてしまった」

歯ぎしりする祐幻に対し、冬吾は「これくらいの大きさだった」と片手の人差し指と親指を二寸（約六センチ）ばかり開いて見せた。

「あれでは、石の中でさぞ窮屈であったろうな」

その後、半刻ばかり小雨が降り、一度か二度雷鳴も聞いたが、さてあれは龍の仕業《しわざ》であったか、それとも偶《たま》さかのことであったのか——と、冬吾はさらにとぼけたようにつづける。

祐幻は膝《ひざ》の上の拳を震わせていたが、やがて唸るように、

「それはいつのことだ。石が割れたのは」

「確か、千州屋が来た翌日だったか」

「よ、翌日……？」

仮にも祟ると言われているものを、迷いがないにもほどがあると、おそらく場にいた全員が思った。

「では、わしがここへ石を取り戻しに来た時には、すでに——」

「返す気はなかったが、返すこともできなかったというわけでな」

「では貴様はあの時、わしを愚弄《ぐろう》していたのか！」

「そんなつもりはない」

冬吾は片方の掌を、相手に対してぴしりとかざした。

「いかにも胡散《うさん》臭いとは思ったが」

あの時——祐幻が九十九字屋を訪れたのは、千州屋から石を引き取って数日後のことであった。一見すれば人当たりのよいにこやかな人物の風体《ふうてい》で、自分は千州屋と懇意にしていた易者であるが、先日こちらに持ち込まれた石はもともと自分の物だと言った。代々家に伝わる家宝で、千州屋五十兵衛に無理を言われて売る羽目になったが、今はそれを後悔している。相応の金を払うから、石を返してもらいたい、と。

冬吾が断ってもしつこく食い下がり、最後には返してもらうまで何度でも来る、あれは大切な品なのだからと言い置いて、帰っていった。だがそれきり、祐幻が店に姿を見せることはなかった。——騙りが露見し、咎《とが》めを怖れて江戸から遁走《とんそう》したからである。

易者は千州屋のみならず、何人もの相手に同じ手口で『福石』を売りつけていた。しかも相手の身に災難が降りかかると、鎮《しず》め料として法外な金をふっかけたうえに、まんまと石を手もとに取り戻すということを繰り返していたのだ。『福石』が持ち主を選ぶというのも出鱈目《でたらめ》なら、客筋が大店の主人や有名な役者、上級の武家ばかりという触れ込みも真っ赤な嘘であったと、後から判明した。

「この石はもともと、どこかの水辺にあったものなのだろう。時が来れば水気を吸って、石は自然に割れ、龍は天に昇る。ところが貴様の手にあったがために、石は干涸《ひか》らび、龍は中に閉じこめられたままになってしまった。祟りの話など持ち出して、石を水に濡らすことを相手に固く禁じたのは、貴様がそのことを心得ていたからだ」

水に濡れれば石が割れ、中の龍が逃げだす。そうさせぬために、水気を禁忌《きんき》としたのだ。

「この石には幸運を呼ぶ霊力があると吹聴していたようだが、実際に石が放っていたのは邪気だ。本来ならとうの昔に石から出て空へ還っていくはずのモノが、その理《ことわり》を歪められ、外へ出られぬ苦しみゆえに気が荒れて悪いものへと変わってしまった。そんなものを身近に置いておけば、それは体調も悪くなるだろうし、良くないことも身に降りかかるだろう。当然、貴様が石の発散する邪気に気づいていなかったわけはない。――そんなものを家宝だから返せと言い張る人間がいれば、胡散臭いと思われても仕方あるまい」

どうにも気になったので、冬吾は祐幻と会った後に千州屋を訪ね、今度は主人の五十兵衛から直に話を聞いた。次には彼に易者を紹介したという知人に、さらに易者が出入りしていたらしい幾つかの商家にと、探りを入れていくうちに、祐幻の悪行が明らかになった。騙されたとようやく気づいた人々が騒ぎだし、訴えると息巻いている最中に、当の祐幻はとっとと江戸から姿をくらませたという次第である。

「千州屋が鎮め料を惜しんで貴様に石を渡さなければ……いや、貴様がよけいなことをしなければ、誰も気づきはしなかったものを。おかげでわしは江戸に来てから築き上げたものを一切合切、失う羽目になったのだ」

「だからそれを逆恨みと言う」

憎々しげに言い放った祐幻に、冬吾は素っ気なく応じた。

「こっちはただ、貴様と関係のあった者たちに話を聞いて回っただけだ。その後のことまでは、知らん。あれきり、貴様のことはすっかり忘れていたしな」

何年も経って江戸に戻ってきた祐幻が、こうして蒸し返さなければ、忘れたままであったろう。

「うちの奉公人を怖がらせることで私に脅しをかけ、今度こそ石を取り戻す魂胆だったのだろうが……まあ、結果はこのとおりだ」

冬吾の口調に相手を揶揄《やゆ》する響きはない。なぜかちょっと、ため息をつくように言った。

この時初めて、祐幻は首を巡らせると、座敷の片隅にいるるいに目を向けた。ほんの一瞥だったが、こちらははっきりと苦々しくため息をついた。

「……ただの奉公人だと思ったのが、誤算だったわ。まさか小娘にしてやられるとは」

あれれと、るいは首を捻った。

あたし、この人に何かしたかしら。悪霊をけしかけられたり、物騒な連中に絡まれて迷惑したのはこっちなんですけど。

(でも本当に、怖がらせようとしただけだったんだわ)

心底からの悪意は見えなかった。悪霊に襲われた時にもそう感じたが、

――怪我はさせるなってぇ言われてるからな。

破落戸たちのあの言葉でも、そう思ったのだ。

「ともあれ、これ以上つきまとわれても困るのでな。貴様とは、会って話をつけなければと思ったのだ。貴様も、肝心の石がこうなっては、もう騙りもできまい」

冬吾の言葉に、祐幻は口もとを歪めた。何に対してか、嘲《あざけ》るような笑みを浮かべた。

「そろそろほとぼりも冷めたであろうし、今度こそ石を取り返して、江戸でまた一儲けしてやろうと思ったのによ」

ぬけぬけと、そう言う。

「では、貴様は運が良かったということだ」

冬吾は肩をすくめた。

「なんだと」

「もしも同じ手口で石を悪事に利用していたら、早晩、貴様はおのが身を滅ぼすことになっていただろうよ」

「ふん。わしを捕らえることなどできるものか。危うくなれば、また江戸を離れるまでだ」

そういう意味ではないと、冬吾の口調は相変わらず素っ気ない。

「小さくとも龍は龍、霊力を持つと言い伝えられているモノだ。どれだけの間、石の中にいたかは知らんが、閉じこめられたまま成長すれば、いっそう外に出ることを欲して暴れたことだろう。その怒りが邪気を増幅させ、そうなれば周囲にもたらす災いもより大きく増したはずだ。持ち主である貴様とて、おそらく無事ではすまなかったぞ」

体調を崩したり、ささいな不運に見舞われたりという程度ではすまなくなる。ヘタをすれば人死にも出たかも知れないと、冬吾は言う。

だから――そうなる前に石を手放すことになったのは、運が良かったのだと。

「馬鹿馬鹿しい。あの龍にそのような力があるものか」

だが、祐幻は挑むかのように言葉を吐いた。拳の中に握り込んだままだった石の破片を冬吾の前に放り捨てて、乾いた声で笑った。

「本当に霊力でもあるというのなら、いっそ見せてもらいたかったものだ。人の身を滅ぼすほどの災いとやらをな。だがあれは、貴様が言ったように水辺に生じた石から孵《かえ》れば、そのまま空へ還って消えていく。ただただそれを繰り返すだけの、無力なモノよ。祟りなりともあるならまだしも、塵芥《ちりあくた》ほどの役にも立たぬのに、何のためにこの世に存在しているのか。不思議でならぬわ」

「あやかしとは、人の道理の外に存在するモノだ。中には私や貴様の寿命などより、はるかに長い年月をこの世で生きているモノもいる。それを、なぜそこに存在するかと、人が問うのは傲慢というものだろう。人ならぬモノたちが、人の役に立つか立たぬかなど気にするとでも思うのか」

きっぱりと言ってのけた冬吾の目は、畳の上の石の破片に向けられていた。祐幻が投げ捨てたものだ。考え込むようにじっと見つめてから、また顔をあげた。

「――貴様が石の中の龍にそこまでこだわる理由は、何だ？」

真っ直ぐに祐幻を見て、冬吾は静かに問いかけた。

「何を」

「貴様の易者としての才は本物だ。その上におのれの念を操り、悪霊を操ってみせたのだから、術の扱いにも長《た》けているのだろう。騙りなどせずとも、まっとうに商売をしていればそこそこ名声も金も手に入ったであろうに」

騙りに使った偽の触れ込みほどではなくとも、易者として評判が高まれば、上客を集めることはできただろう。

「なのになぜ、石を使って他人を騙すような真似を？　しかも何年も経って貴様がふたたび江戸に戻ってきたのは、石を私から取り戻すためだったのだろう」

それは金のためではあるまいと、冬吾は言う。

「わしが、あの龍にこだわっていると？」

「こだわっているのでなければ、囚《とら》われている。おのれで塵芥と呼ぶようなものに」

その言葉にふと、祐幻の表情が変わった。まるで行灯の火を吹き消すかのように、顔から笑みが消えたのだ。

「……傲慢と言ったな。ならば、龍を産む石を神として祀《まつ》ることも、傲慢か？」

声からはそれまでの威勢が消えて、どこか疲れたような響きがあった。

「祀るということは、石をご神体としてか。それ自体はよく聞く話だ」

「わしの故郷では、龍神石と呼ばれていた」

祐幻はそこで一度、口を閉じた。なぜと問われて語る気になったのだろうが、それでも故郷の話は小さな疵《きず》のように、引っかかりがあるようだった。

「どことは敢えて言わぬが、江戸よりも遠く北にある土地だ。深い山の中にあって、炭や木材を売りに行く以外は、麓《ふもと》の里との交流もあまりないような小さな村だった」

「だった？」

「今はもうない」

山仕事と、斜面を切り拓いて作った畑からのささやかな収穫で糧《かて》を得ている村だったと、祐幻は言った。

村からさらに山の奥へ踏み入った場所に滝があり、龍神石はその水辺の柔らかな土の中から、まるで生み落とされるようにあらわれる。その数も大きさもまちまちで、大きなものなら龍が孵るまでに数年かかることもあるという。

山深い土地ゆえに閉鎖的にならざるを得なかった村で、いつから石への信仰が根づいたのかはわからない。龍を守り神として信仰する村人たちは、龍神石の存在を外部には秘した。それが掟《おきて》であったわけではない。ただ自然と、神と信じるものへの畏怖《いふ》と、よそ者に対する警戒心から、口を閉ざすようになったのだろう。

「わしは、村の神職《しんしょく》だった」

村で唯一、龍神石の生まれる水辺に踏み入ることを許された家に生まれ、龍が石から孵るのを見守り祀ってきた。

祐幻はそこでまた、しばらく黙った。騙りなどしていたというのが嘘のように、口が重い。

その間に、るいは精一杯の想像を巡らせた。

遠い北の地の深い山の中。江戸を出たことがないどころか、大川《おおかわ》のあっち側にも滅多に行かないるいには、深山《しんざん》の風景を正確に思い描くことは難しい。滝といえば、江戸では王子《おうじ》の滝だ。昔住んでいた丁兵衛《ちょうべえ》長屋の差配さんが、子供たちを集めて王子のお不動様の滝を見に行った時の話をしてくれたっけ。

その水際に大小さまざまの石。箱の中から零《こぼ》れ出た破片のような、白くて緑色の筋が入った石だ。それからそれからそれから……。

（石の中の龍って、どんな姿をしているのかしら）

子供の頃に草双紙《くさぞうし》で見たことのある龍の姿は、大きくて蛇のように長くて、長い爪のついた手足があって、髭《ひげ》が生えていた。あれのうんと小さいものかしら。石が割れると、中から龍が飛びだしてきて、次から次へと、きらきらと水の滴をまき散らしながら天に昇っていくのだ。それはとても不思議で、美しい光景に思えた。

それでも。

るいが想像した光景は、きっと実物とは大きく違っていただろう。

——今はもうない。

井田祐幻という人物が何者であろうと、冬吾に対してどんな感情を抱いていようと、この人が失ってしまったもののことを語ろうとして、そのせいでこんなに口が重いのなら、聞いている側だってその言葉のひとつひとつを丹念に受け取らなければいけないと、るいは思うのだ。

やがて祐幻はひとつ頭を振って、今度はまるで他人事のように淡々としゃべり始めた。

「……ある年、冬にも雪が降らずに生暖かい南風が吹き荒れるという奇妙なことがあってな。なんとも不気味なことだと思っていたら、翌年から何年も雨ばかりの寒い夏がつづいた」

日が照らなければ稲は育たず、雨が降りつづけば畑の作物は腐る。農作物の不作は北の地では珍しいことではないが、その時のそれは、誰も経験したことがないほどの大規模な凶作となった。

「それは天明《てんめい》の……」

冬吾が低く呟く。

――天明二年から数年間に渡り、東北を中心に夥《おびただ》しい餓死者を出したその大凶作は、後に天明の大飢饉《だいききん》と呼ばれる。

ほとんどの藩は領民に対して有効な救済策を打ち出せず、さらに長雨が運んできた疫病が蔓延《まんえん》して、人々の困窮に追い打ちをかけた。

山の木を伐《き》りだして細々と食いつないでいた奥山の小さな村など、ひとたまりもなかった。山の動物たちは姿を消し、雨水が流れ込んで濁った沢には魚もおらず、野草や木の実草の実、果ては木の皮まで剝《は》いで口に入れられるものをすべて食い尽くしたあとには、飢えしか残らなかった。

「あれは、人の世の地獄であった。動ける者は、村を捨てて逃げた。わしも逃げた」

山を下りて流民となり、生き長らえたのだから自分は運がよかったと、祐幻は言った。よその地へ流れ、たまたま下働きの仕事にありついたのが易者の家で、そこで見よう見まねで覚えた易占が後に身を助ける術となった。

「とはいえ、我流よ。客の前では筮竹《ぜいちく》も算木《さんぎ》も使っては見せるが、呪《まじな》いに依《よ》ることも多い」

「呪いとは」

冬吾が訊ねると、その一瞬だけ、祐幻の口もとに淡い笑みが浮かんだ。嘲りではない、普通の微笑だ。

「神職と言ったが、わしの家は呪いに係わった家系でな。故郷では、死者の魂は山に集《つど》うと言われていた。それゆえの怪異も多い。それを鎮める役目を持った家は、わしのいた村以外にも、幾つもあったのだ」

なるほどと、冬吾はうなずく。祐幻にはもともと、術を操る素養があったわけだ。

「生石――いや、龍神石を持ちだしたのは、村を出た時だったのか」

それには、祐幻は首を振った。

「江戸に来る前に一度、故郷に戻った。もう七、八年前になるか」

その時のことだと、相変わらず淡々と言った。

村を捨ててから十数年ぶりの、初夏の頃であったという。足を踏み入れた北の地は、凶作のあったことなど嘘のように空は晴れ渡って青く、陽射しが明るかった。どこの里にも人の活気が戻っていて、田畑には鮮やかに緑が芽吹いていた。

だが、生まれ育った村は消えていた。山に入り、藪《やぶ》を漕ぎ獣道《けものみち》を踏みしめてようやく辿《たど》り着いたその場所には、朽《く》ちて崩れた家屋の残骸《ざんがい》が、かろじてその痕跡《こんせき》を留《とど》めているのみであった。それすらも繁茂した草木に呑まれて、目を凝らさなければかつてそこに人が居住していたことなど、とうにわからなくなっていた。

獣に荒らされたか、地面に散らばった骨も見つけた。逃げるに逃げられず、村に取り残された老人や病人たちのものだろう。それを集めて丁寧に埋葬してから、祐幻はさらに山の奥を目指した。

——その光景だけは、以前と何も変わっていなかった。

飛沫《しぶき》をあげて流れ落ちる滝の水。その水辺に幾つも顔をのぞかせた龍神石は、陽の光を浴びて透き通るように白く輝いていた。

とっさに駆け寄ろうとして、だが、立ち竦んだ。

「石を眺めているうちに、腹の底から何ともいえない感情がこみあげてきてな」

村を捨てた時にも、戻ってきた場所に何も残っていないのを目の当たりにした時にさえ、感じることはなかった――それは、ふつふつと煮え立つような怒りだったか。それとも底が抜けたような虚《むな》しさだったか。その両方か。

「ふいに思ったのよ。こんなものの、どこが神なのかと」

皆が飢えて死にかけている時に、この石が何かしてくれたか。救いはあったか。村を守ってくれたか。

否、だ。ここに在っただけだ。人の苦しみなど何も知らず、ただ、ここにこうして在っただけだった。

ずっと神と信じて祀ってきた。祐幻の父も祖父も、おそらくその前から代々、そうして敬い畏《かしこ》まって手を合わせてきたのだ。――だが、そんなことには何の意味もなかった。誰かを何かを救う力など、最初からこの石にはなかったのだから。

こんなものは、神などではなかった。

「そう、貴様が言ったように、龍神石はただのあやかしよ。龍を孕《はら》んで空へ還すだけのな。それを勝手に神に祀り上げ、裏切られたと恨むのも、人の傲慢であるのだろうよ。

今ならわしも、そう言えるわ」

祐幻の声に、ふたたび嘲りの色が混じった。

「わしは笑った。人はそういう時に笑うものなのだな。声が嗄《か》れるまで笑って、気づけば一番小さな石を懐に入れて、山を下りておった。なぜ石を持ちだしたか、それすら自分でもわからぬが、おおかた頭がどうかしておったのだろうよ」

そうして故郷を離れて、江戸へ来た。

当初は辻占《つじうら》などして日銭を稼いでいたが、そのうち、持ち出した石を使って金儲けをすることを考えついた。石に閉じこめられていた龍は、中で暴れて、その時にはすでに邪気を放ちはじめていた。

「福を招く石だと言って売りつければ、邪気のせいでささやかながらも相手には障りがあらわれるであろう。そこで石を取り返し、厄災を祓ったと言えばけっこうな金をふんだくることができるはずだとな。それが大当たりであった」

故郷の話をしていた時とは一転して、祐幻は声音《こわね》も表情も仕草すら、もとのふてぶてしい騙りのそれに戻っていた。

「さんざん祀ってやったのだ、それくらいの役に立ってもらったところで、それこそ罰も当たるまいよ」

何が悪いと、祐幻は歯をむいて笑う。

「江戸では皆が、毎日米の飯を食える。たとえ食うに困ったところで、骨と皮になるまで飢えたことなどあるまい。だからな、中でも自分に驕《おご》っておのれの運の強さをひけらかし、なおいっそうの福だの財だのを欲しがる連中を選んで、金を巻き上げてやったのだ。奴らは生きるには十分なものを持っていながら、おのれの思い上がりゆえに簡単に騙された。それだけのことよ」

不思議だなと、るいは思った。祐幻がここへ来て、話を始めてからずっと不思議だった。この人の声や言葉や表情に出る嘲りの色は、まるで——自分自身に向けられているみたいだったから。

冬吾は畳の上の石の破片をすべて拾い集めると、丁寧に布にくるんで木箱の中に収めた。

それを、祐幻の膝の前に押し出した。

「貴様のものだ。捨てるなり持っているなり、自分で決めろ」

怪訝な目を向けた祐幻に対して、冬吾は寸の間黙ってから、言葉を継いだ。

「千州屋は貴様が勧めた養子を迎えて、今はいっそう繁盛しているらしい。騙りの被害にあった他の店も、そのせいで身代が傾いたというところはない。貴様に騙され金をとられたことに憤りはしたが、それからはそれぞれ、うまくやっているようだ。貴様の易占から助言を得てそれなりの利を得た者もいれば、おのれの思い上がりに気づいてより謙虚に商いに取り組むようになった者もいる」

冬吾にしては、それは柔らかな声だった。

「それが、貴様が江戸に来て、易者としてやってきたことだ」

「――――」

祐幻は言葉を返さなかった。

目の前に置かれた木箱に手を伸ばし、腕の中に抱えると、冬吾に対してかすめるような目礼をしてから、おもむろに立ち上がった。

八

るいが、数年前の千州屋の一件とそれまでの祐幻の所業について、冬吾から詳しく聞いたのは翌日のことだ。

ちょうどおやつの時刻で、買ってきた饅頭《まんじゅう》に茶を添えて冬吾の部屋に運ぼうとしていたところに、当の店主が階下に下りてきた。二人並んで縁側に腰を下ろし、るいは饅頭を食べながら冬吾の話に聞き入った。

「……じゃあ冬吾様が気づくまで、石を買った人たちは本当に誰も、自分が騙されたと思っていなかったんですか？」

すっかり聞き終えてから、るいは首をかしげた。

「おそらくな。何かおかしいと思った者はいたかも知れんが、自分が騙されるわけはないと頑《かたく》なに信じ込んでいたのだろう」

冬吾はふんと鼻を鳴らした。

「井田祐幻が騙りの相手に選んだのは、千州屋同様に自分の代で店を大きくしたという者がほとんどだった。そういう自負やおのれの手腕に自信のある人間ほど、自分の過ちを素直に認めることができないものだ。ましてや福を招く石を手に入れたものの、おのれの器が足りずに災厄を呼び込んでしまったなどと、そんなことは口が裂けても言えなかっただろう」

だから誰も被害の届けを出していなかったし、世間にも祐幻の仕業が知れることはなかった。

祐幻の言ったとおり、彼らはおのれの驕りにつけ込まれたのだ。冬吾が言う「騙された者にも落ち度がある」というのは、そういうことだ。

「自分の他にも騙された者がいると知ってようやく、皆、まともに頭を働かせる気になったのだろうな」

そのせいで、祐幻は江戸から出て行く羽目になった。それを恨むというのであれば、確かに逆恨みでしかない。

だけど、とるいは思った。

「祐幻さんは、本当に冬吾様のことを恨んでいたんでしょうか」

「本人はそう思っていたのだろう。恨みだと」冬吾は肩をすくめる。「だがあれは、執着だ。あの男は、龍神石に憑かれていたんだ」

金儲けの道具としてではなく。騙りを暴かれた恨みでもなく。

――わしが、あの龍にこだわっていると？

冬吾に指摘された瞬間に、おそらく祐幻自身がそのことに気づいたはずだ。

「口では塵芥のごとく役にも立たないと言いながら、心の奥底ではあの男はそれを認めたくはなかったのだろう。故郷を出る時に石を持ちだし、捨てることもできなかったのは、もしかしたらという思いを捨て去ることができなかったから……かもしれんな」

「もしかしたら？」

「村の守り神だと信じていたことは間違いではなかったと。そう思わせてくれる何かをあの石が見せてくれることを、か」

「そうなんですね……」

少し胸が痛い。結局、祐幻はそれを見ることが叶《かな》わなかったのだから。

そう思ってから、るいははっとした。

「それで石が割れて龍も逃げちまったのなら、祐幻さんは今度こそ本当に冬吾様のことを恨んだりしませんか!?」

慌てるるいに対して、冬吾は平然としたものだった。

「さて。むしろ憑き物が落ちて、せいせいしているのじゃないか」

「はあ」

そうならいいと、るいは思う。木箱を抱えて店から立ち去る時にちらと見た、何か吹っ切れたような祐幻の表情を思い出して、きっとそうだとも思った。

それに、石はそれひとつきりではない。遠い北の地の水辺に生まれ、龍が中からあらわれて天へと昇っていく。その光景は、今も変わらず在るに違いない。それは祐幻の心の中にも、きっと。

「あ、そういえば」

るいはぽんと手を打ち合わせた。

「龍ってどんな姿でした？」

なんだそれはというように、冬吾は怪訝な顔をした。

「冬吾様は龍を見たんですよね？　石が割れた時に」

寸の間考えてから、冬吾はああとうなずいた。

「見た目は白っぽいトカゲのようだったか」

「えっ」

「顔は狆《ちん》に似ていた」

「ええっ」

「何しろ小さいうえに、あっという間に空に昇ってしまったのでな。よくはわからなかった」

なんだか想像していたのと違うと、るいは思った。

「……龍って、本当はみんなそんな姿なんですか？」

おそるおそる訊くと、そんなことは知るかと冬吾の返事はにべもない。

「そのへんの犬猫だって、個体によって柄も姿形も違うんだ。龍だってそれぞれじゃないのか。他を見たことがないから何とも言えんが」

「そうですか……そうですよね……」

そのあとしばし、会話が途切れた。穏やかな静寂だ。

匂い袋から始まった一連の騒動のせいで、何かと落ち着かない日々がつづいていたのが、ここにきてようやくほっと息をつけた気がして、るいは目を細めて空を見上げた。

縁側には、春の明るい陽が射し込んでいる。気づけば暦はとうに弥生《やよい》（三月）だ。裏庭の緑も、日々色が濃くなっていく。どこか遠くで客を呼ばわる物売りの声が、長閑《のどか》に響いていた。

ぽかぽかと暖かいし、おやつを食べてお腹もくちくなったし、今ここで猫みたいに丸まって昼寝をしたらさぞ気持ちがいいだろうなと、るいは思った。ナツがいつもそうしているように。

(そういえば、今日はまだナツさんを見かけていないけど、どこへ行ったのかしら)

そんなことを思っていたら、冬吾がふいに口を開いた。

「最初に祐幻がうちの店に来た時、ちょうどナツがどこかへ行っていてな。あの頃は、出かけて行ったきり、半月ほども帰らないことがあった。ナツが祐幻のことを見覚えていれば、今回のことはもう少し早くに奴の仕業だとわかっただろうに」

るいは目をぱちくりとさせた。

(冬吾様も今、あたしと同じことを考えていたんだわ。ナツさんはどこへ行ったんだろうって)

胸の中がくすぐったくなって、るいはくすくすと笑った。

「なんだ?」

「いえ、なんでもありません」

冬吾が眉をひそめたので、急いで笑いを嚙《か》み殺す。そうしてから、るいは一番大事な言葉を冬吾に言っていなかったことを思い出した。

「冬吾様。——今度のことでは、いろいろとあたしを助けてくださって、ありがとうございました」

冬吾は一瞬黙り込んでから、いっそう眉を寄せた。

「礼はいらん。もとはと言えば、私の蒔《ま》いた種でおまえを巻き込んだという話だ」

「でも、いざという時にはあたしのために駆けつけて来てくださったでしょう。それがとっても嬉しかったんです」

声を弾ませたるいを見て、冬吾は露骨に不機嫌な顔をした。

「そもそもおまえが危なっかしいからだ。奉公人の立場で、店主を差し置いて無茶をするな。しかも昨日は、私に黙って周音のところへ行こうとしていたそうだな？」

「う……」

お礼を言ったのに、なぜだかお小言をくらう羽目になってしまった。

ふん、と冬吾は盛大に鼻を鳴らした。

「何度も言うが、おまえは無防備に過ぎる。もしおまえが霊を見たり触ることもできない人間だとしたら？　作蔵が妖怪でもなく、そばにもいなかったら？　今回のことでは、とんでもなく危険なことになっていたぞ。そういうことも少しは考えろ」

要は能天気に突っ走るなということなのだが、るいはひょいと首をかしげた。

「大丈夫ですよ、冬吾様」

「何がだ」

「だって」

るいは、晴れた空に負けず劣らずの明るい笑顔を冬吾に向けた。

「もしあたしが幽霊を見たり触ったりできなくて、お父っつぁんが妖怪のぬりかべでなかったら、端からあたしは冬吾様と会って、このお店で働くこともできやしませんでしたから」

自分はなんて運がないんだろうとおのれの身の上を嘆いたこともあったけれど、今はこれでよかったと思える。暖かい日溜《ひだ》まりにいて、隣には冬吾様がいる。そばにはいつも、お父っつぁんやナツさんもいる。うん、あたしって、本当はとても運がいいんじゃないかしら。

「そういうことを言っているわけでは――」

言いかけて、だが冬吾は残りの言葉を呑み込んだ。屈託《くったく》のないるいの笑顔をしばし見つめてから、嫌味ではないため息をひとつ、ついたのだった。

「……あんたも、最初から面と向かって冬吾に忠告してやりゃよいものを。何もよりによって、匂い袋なんてものをるいに渡さなくたって、よさそうなものじゃないか」

同じ頃、ナツもやはり縁側に腰を下ろして、春の陽の温《ぬく》もりを楽しんでいた。ただし、場所は猿江町の辰巳神社、その母屋《おもや》である。

「あの弟に、こちらが直に手を貸してやる義理はないのでな」

応じた周音は、文机の上の書に目を落としたまま。縁側のナツには背を向けた格好だ。

「たいした嫌がらせだよ。わざわざるいのために、魔除けの香を手ずから調合してやってさ」

ナツは縁側の板張りに手をつくと、身体を斜めにして肩越しに周音のほうを振り返った。美しく紅を刷《は》いた唇を、にやりと引く。

「あの娘があんたからもらった香りを匂わせていたんじゃ、冬吾も穏やかじゃないだろうからね」

「さぞ嫌な顔をしていたことだろう」

「そりゃあね。まあ、るいのことでは冬吾をからかいたくなる気持ちは、わからないでもないけど」

ナツは表情に笑みを含んだまま、周音の背中から、また庭へと視線を転じた。

「それで。ここへ何をしに来た」

「あたしかい？　ご挨拶だね。今度のことがどう落ち着いたか、あんただって知りたいだろうと思って来てやったのに」

「ならば話はもう聞いた。帰れ」

おやつれないことと、ナツはくっくと喉を鳴らして、立ち上がった。そうして、いかにもついでのように、

「冬吾は、あんたに感謝していたよ」

「まさかな。あいつがそう言ったのか」

「言わなくたってわかるさ。あんただって、わかっているだろうにね」

からりと下駄を鳴らしてナツが縁側から離れたところで、「おい」と周音の声が彼女を追った。振り向くと、周音は机の上の書を閉じ、座ったままで身体の向きを変えた。

袂《たもと》の中を探って何かを取り出し、

「これを」

ぽんとナツに放った。

ナツが手を伸ばして難なく受け止めると、それはちりりと涼やかな音をたてた。銀で拵《こしら》えた細工の美しい鈴である。

「よければ、持っていけ」

「どういうつもりさ?」

ナツは手の中の鈴と、周音を交互に見やる。

「どこぞの三毛猫に似合うと思ってな。魔除けではないから、安心しろ」

周音はどこまでも真顔である。「あやかしは嫌いだ」と言っていた普段と同じ口調で、お愛想に笑うこともしない。へえと呟いて、ナツはすうっと目を細めた。

「また、客人がお礼がわりに置いていったのかい?」

「……数日前に神田《かんだ》に出向いたおりに、求めたものだ」

ちりり、と掌で鈴を転がすと、ナツは少しばかり間を置いてから、言った。

「相手があたしじゃ、冬吾への嫌がらせにはならないよ」

「だろうな」

「ふぅん」

ありがたくいただいておくよと言って、ナツはふっと笑った。洗い髪のように後ろに流した髪を指先でさらりと梳《す》くと、鈴を握ったまま、また縁側に腰を下ろした。

「帰らないのか」

「もう少し、庭を眺めていこうかと思ってさ。いけないかい？」

「勝手にしろ」

周音はふたたび、文机と向きあった。

「この次は、さ」

ナツもまた、庭に目を向けたまま、その背中に声をかける。

「この姿に似合う物も見繕っておくれよ」

「化け猫なら、猫が本体だろう」

「おや、知らないのかい」

ナツは喉を鳴らすように言った。

「女はね、あやかしみたいなものさ。男にとっちゃね。だからあやかしのあたしが、女だってかまわないんだよ」

「わからぬことを」

「だろうね」

背中合わせの他愛ないやり取りに耳を傾けるように、日溜まりの庭に咲く桜草が、柔らかな春の風にふわりふわりと揺れていた。

第二話

生目《いきめ》の神さま

一

季節が初夏へと移ろった、卯月《うづき》（四月）のある日のこと。

朝、いつものように店の表の戸を開けたところで、るいはあらと首をかしげた。戸口の敷居のすぐ外に、何かが置いてあることに気づいたのだ。

置いてある、と思ったのは、それが手拭《てぬぐ》いらしき布で、きっちりと包まれてあったからである。地べたにそのまま置くのを嫌ったみたいに。

昨日戸締まりした時には何もなかったのだから、早朝に誰かがここに来たということだ。通りすがりの落とし物ではないだろう。九十九字屋の前から六間堀《ろっけんぼり》に向かう細い路地には、あやかしと係わりのある者――つまり、たいていは店の客しか踏み込むことができないことになっている。無関係な通りすがりが、店の前まで来るはずがない。

手を伸ばして拾い上げると、大きさはるいの掌《てのひら》におさまるほど、布の中から出てきたのは――。

「あ、印籠《いんろう》だわ」

思わず、るいは声に出した。

それにしてもまあ、良く言えば年季の入った品である。古ぼけて表面の漆《うるし》はすっかり艶《つや》を失い、細かなヒビが入っている。蒔絵《まきえ》の装飾が施《ほどこ》してあったようだが、それもほとんど剝《は》げてもとの図案もよくわからない。通してある紐《ひも》は黒ずんで擦《す》り切れ、帯にひっかけるための根付もなくなっていた。

それこそ手拭いで包んでなければ、誰かが捨てていったとしか思えないシロモノだ。

(もしかすると、いわくつきのモノかしら)

わざわざ店の前に置いていったのなら、そういうことかも知れない。なぜ客として来なかったのかは、わからないけれども。

るいは何気なく印籠の蓋《ふた》を取って、中をのぞいた。昨今はただの飾りとして持ち歩く者も多いというが、印籠は本来、薬を携帯するための容《い》れ物《もの》である。もしや中身が入っているのではないかと思ったのだが、

「わあ」

思わずるいは叫んで、蓋を閉めた。

そうしてから首を捻《ひね》り、しばし考え込んだあとに、よしとうなずいてもう一度蓋を取った。

のぞき込むと、印籠の中からふたつの目玉がきょろりと、るいを見返した。

「文《ふみ》が来た。数日のうちにはここに姿を見せるだろう」

印籠を拾ってから一刻ばかり後、ようやく起き出して二階から下りて来た冬吾に、これこれこういうことがとるいが報告すると、返ってきた店主の言葉がそれだった。

ちなみに、なぜか飛脚《ひきやく》だけはあやかしと係わりがあろうがなかろうが——まあ滅多《めった》に係わりはないだろうけど——店の前の路地に入って来ることができる。店の周辺に施されている人除けの術云々がどういう仕様になっているのかはさっぱりわからないが、文の送り主はほとんど仕事の依頼人なのだから、それが冬吾のもとに届かないのでは困る。ならば別段、あたしが不思議がって頭を悩ませることじゃないわねと、るいは思っていた。

「どなたが、いらっしゃるんですか？」

「寿安《じゆあん》だ」

聞き覚えのある名前に、るいは首をかしげた。誰だったかしらとしばらく考えてから、ぽんと手を打ち合わせた。

「あ、去年の十五夜の！　建具職人の清一《せいいち》さんが取り込まれた、平鉢《ひらばち》の事件の時の！　身投げした清一さんを助けた、通りすがりの按摩《あんま》さんですね！」

一年に一度、水を満たして十五夜の月を映せば懐《なつ》かしい人の幻に会うことができるという、いわくつきの平鉢。亡き妻子の面影《おもかげ》を求めて、ついには平鉢に魂を搦《から》め取られてしまった清一という男を、冬吾が救った一件である。その時に、寿安の名前を聞いたのだ。

「その平鉢のもともとの持ち主で、この店に品を持ち込んできた本人だ。その寿安との縁で、うちが清一に平鉢を貸し出すことになったんだ。——肝心なところを抜かすな」

「そうでした」

寿安さんが来るというのなら、店の中をいつもより念入りに掃除して、そうそうお茶菓子はどうしよう。数日のうちというのなら、日持ちのする羊羹《ようかん》がいいかしら。——と、そこまで考えてから、るいは首をかしげた。

（どうして印籠が、寿安さんの文の話になったのかしら）

当の印籠はのっけに冬吾に手渡してある。るいが彼の手もとのそれをちらちらと見ていると、冬吾は肩をすくめた。

「文に、店に届け物があるだろうから、自分が訪れるまで預かっていてほしいとしたためてあってな」

届け物、とるいが繰り返すと、冬吾は印籠を持つ手をひょいと揺らした。

「わざわざ手拭いに包んで店の前に置いてあったというのなら、おそらくこれのことだろう」

「えっ」

るいは目を瞠《みは》った。

「じゃあ、その印籠は寿安さんの――」

「いや。本人のものなら、文にそう書いてあるはずだ。何も書いていなかったところをみると、少なくとも印籠がこちらに届くとは、寿安にもわかっていなかったのじゃないか」

「はあ」

そんなおかしなことってあるかしらと、るいは思った。自分宛に届くとわかっているのに、それが何なのか本人も知らないだなんて。

しかも、現に届いたのは——。

「その印籠、きっとあやかしですよ。だって、中から目玉がきょろりって」

身を乗りだしたるいに、

「まあ、半人前の付喪神《つくもがみ》くらいにはなっていそうだな。こんな古道具屋でも扱わないようなシロモノを、誰が後生大事に持っていたのやら」

冬吾は素っ気なく応じた。

「付喪神の半人前だと、五十年くらいですか？」

器物《きぶつ》が百年の年を経てあやかしとなったモノが、付喪神である。半人前ならその半分で五十年かしらと大真面目に考えたるいだが、今度は鼻先で笑われてしまった。

「あやかしに一人前も半人前もあるか。ただの喩《たと》えだ。——だいたい、この印籠はあやかしでも何でもないぞ」

あやかしならば多少なりとも妖気を放っているものだが、少なくともこの印籠からはそんなものは感じないと冬吾は言う。

「でも」

言い募るるいを制して、冬吾は印籠の蓋をとった。中身を掌に振り出す。ころりと中から出てきたものを見て、るいは目を丸くした。

少し黄ばんだ象牙《ぞうげ》のような、丸い玉が二つ。小指の先ほどの大きさで、丸薬《がんやく》だとしたら呑み込むのに苦労しそうだ。

「あれ？」

「よく見ろ。この印籠に、人間の目玉が入ると思うか？」

言われてみれば印籠の造りは縦三寸（約九センチ）横二寸ほど、厚みにいたっては一寸もない。人間の目玉が、たとえひとつでもそこにおさまるわけがなかった。

（じゃあ、あたしが見たのは何だったのかしら？）

蓋を開けたら中は深く穿《うが》った穴みたいに真っ黒で、そこから二つの目玉がじっとるいを見つめていた——というのも、考えたらおかしなことだ。印籠は小さな容れ物を三段重ねた構造で、るいが見たのはその一番上の段なのだ。黒くて底のない穴みたいに見えるはずがない。

しこたま頭を悩ませているるいの様子に、冬吾はニヤリとした。掌で二つの玉を転がして見せる。

「いわくがあるとしたら、この玉のほうだろう」

「それ、何でしょう？」

「さてな」

冬吾は印籠に玉を戻すと、手拭いでもう一度包み直して、ぞんざいに懐《ふところ》に突っ込んだ。

「それこそ、本人に訊《き》いてみるしかあるまい。――だが、面白いことは面白い」

「面白いんですか？」

「寿安は按摩だ。目が見えない。その男に届いたものが、おまえには目玉に見えたというのがな」

はあ、とるいは曖昧《あいまい》にうなずいた。

ひとつわかるのは、冬吾が寿安に会うことをなんとなく楽しみにしているらしい、ということだ。おおよそ他人に関心のなさそうな彼にしては、珍しいことである。

寿安さんて一体どんな人なのかしら、とるいは思った。

寿安が九十九字屋にやって来たのは、それから五日後のことであった。

表口から訪《おと》ないの声が聞こえたので、縁側の拭き掃除をしていたるいは、急いで襷《たすき》を外して土間に向かった。

「あ……」

店先に立つその人の姿を見て、思わず小さく声をあげた。禿頭《とくとう》に、手には杖。目蓋《まぶた》に閉ざされた盲《めし》いた両目。按摩を生業《なりわい》とした者であることは、一目でわかる。年齢のほうはぱっと見ただけでは判然としなかったが、るいが思っていたよりはずっと若かった。肌の張りや伸びやかな立ち姿の印象では、三十を過ぎたくらいか。

「寿安と申します。先に文を書き送った者でございますが、ご店主はいらっしゃいますでしょうか」

深みのある、柔らかな声だった。

そうか、この人が——と、るいは胸の内でうなずいた。

この人が寿安さんか。

「はい。お待ちしておりました。ただ今、店主を呼んでまいります」

すると寿安はるいに向かって、わずかに耳をかたむけるような仕草《しぐさ》をした。

「こちらのお店では、初めてお会いする方でございますね。まだお若いようですが、もしやお内儀《かみ》さんでいらっしゃいますか」

つまりは冬吾の妻かと訊かれたわけで、るいは赤くなって慌《あわ》てた。

「ち、違います。お内儀なんて、そんなとんでもない。……あたしは九十九字屋の奉公人です。二年前からこちらで働かせてもらっています、るいと申します」

「これは不躾《ぶしつけ》なことを」寿安は微笑《ほほえ》んだ。「このとおり目が見えぬもので、勘頼みで物を言っております。お許しください」

「いえ、そんなこと。――どうぞ、中へお入りください」

寿安を店の座敷に案内して、急いで冬吾を呼びに行こうとしたら、その前に本人が二階から下りてきた。

「来たか」

「ご無沙汰《ぶさた》しておりました」

寿安は差し向かいに座った冬吾に頭を下げた。物腰《ものごし》が丁寧《ていねい》で、粗野なところのない人だと、るいは思う。目を閉じて微笑んでいるような表情のせいか、優しげな印象を与える人だ。

そして――なんだか不思議な人だと、るいは思った。

自分でもどうしてなのかわからないのだが、最初に寿安の姿を見た時からその小さな違和感があって、いつまでも消えない。

台所で湯を沸かし、用意しておいた羊羹を切って皿に盛りつけながら、るいは何度もうーんと首をかしげた。

(何だろう。何かが……)

冬吾様は以前に寿安さんのことを何て言っていたかしらと記憶をたどりつつ、るいは盆に湯呑みと菓子を載せて座敷に運んだ。

「……こうしてお会いするのも三年、いえもう四年ぶりになりましょうか」

「相変わらず、江戸には居付いていないようだな」

「それが稼業でございますから。この半年ほどは小田原《おだわら》の宿場《しゅくば》を巡っておりました」

どうぞとるいが湯呑みと菓子皿を置くと、寿安は会釈《えしゃく》を返した。すっと湯呑みに手を伸ばし、押し頂くようにしてから、茶を口に運んだ。盲人とは思えぬ滑《なめ》らかな所作である。

「その娘はるいと言って、うちの奉公人だ」

先ほどうかがいましたと、寿安はうなずいた。

「心根《こころね》に歪《ゆが》みのない、明るい方なのでしょう。声を聞けばわかります」

「まあ、能天気で大雑把《おおざっぱ》で、あとは元気なのが取り柄だな」

たまにはまともに褒《ほ》めてくれないかしらと、るいは思う。もっとも、そんなことを口にしようものなら「他にどこを褒めろと言うんだ」とかなんとか、冬吾の毒舌が返ってくるのはわかりきっているが。

寿安は、ふと笑《え》んだ。

「ご店主の声が以前と違って聞こえるのは、このるいさんのおかげでございますね」

「以前と違う？　何が」

「前に私がこちらに寄せていただいた時よりも、今のほうがずっと晴れやかな声をしておられます」

冬吾は眉根《まゆね》を寄せた。

「まるで以前が陰気だったようだ」

「そういうわけではございませんが、なんと申しますか言葉に薄い靄《もや》でもかかっているような、思うことを隠そうとなさっていたふうにも感じられましたので」

寸《すん》の間《ま》、冬吾は言葉に詰まったように黙ってから、

「何を言っているのかよくわからんが、毎日この娘に耳もとで騒がれてみろ。気が滅入《めい》る暇もないぞ」

「元気なのがるいさんの取り柄だと仰《おつしや》ったばかりでは」

「無駄に元気なんだ」

ふんと鼻を鳴らした冬吾であったが、寿安が口もとから笑みを消さないのを見て、なぜかきまり悪そうな顔をした。

るいはるいで、

（……どうせあたしは、無駄に元気ですよ。悪うございましたね）

いつものように座敷の隅に控えてやりとりを聞きながら、ぷっと頬を膨《ふく》らませる。とたん、寿安が彼女のほうに顔を向けてニコリとしたものだから、慌てて真顔に戻って背中を伸ばした。ビックリしたが、考えてみれば寿安にるいの膨れっ面が見えたわけはない。

「そんな話はいい。それより、文にあった物を預かっておいたぞ」

冬吾は素っ気なく言って、懐から手拭いに包まれた印籠を取りだした。腰を浮かせる

と、それを寿安の膝《ひざ》の前に置いた。

「ありがとうございます。厚かましいお願いをいたしまして」

寿安は礼を述べて、包みを手に取った。その時ばかりは指先で物のかたちを探るようにしたので、どうやら本当に届け物が何であるかを知らなかった様子だ。

「これは――印籠でございますね」

手拭いを取り払い、出てきた物をさらに指でなぞって、呟くように言った。

「どうせまた、厄介《やっかい》なシロモノなのだろう。これまであんたが持ち込んで来た品はすべて、他人の手に渡すには危険すぎて、結局は蔵に入れるしかない難物《なんぶつ》ばかりだったからな」

「あいすみません。いずれも旅先で私が手もとに預かることになった品ばかりで、どういう巡り合わせかとおのれでも不思議でなりませんが、そのようにご縁のあった物をないがしろにするわけにもまいりません。迷惑とは存じますが、ご店主を恃《たの》むしかなかったのでございます」

「うちは『不思議』を商う店だ。厄介とは言ったが、迷惑とは言っていない」

あれれと、るいは首をかしげた。それまでよけいな口をはさまないように一生懸命に黙っていたのに、思わずつるりと言葉が口から出てしまった。

「寿安さんは、うちの店のお得意様なんですか？」

言ってからしまったと思ったが、冬吾は特に咎《とが》めることなく、

「例の平鉢を持ち込んで来た時以来だから、先代の頃からのつきあいだ」

いえいえと、寿安のほうは首を振っている。

「こちらに寄らせていただくようになってずいぶんと経ちますが、得意客というほど上等なものでは、けして。江戸を留守にしていることのほうが多いもので、これまで何回かご店主をお訪ねしたくらいのものでございますよ」

そうだったんですか、とるいはうなずいた。

冬吾の物言いが他の客を相手にしている時よりずっとざっくばらんなのも、寿安が来ることを楽しみにしているように見えたのも、合点《がてん》がいく。寿安の丁寧な言葉遣いは商売柄だろうが、この二人はずっと前からの馴染《なじ》みであるのだ。

「平鉢と言えば、清一さんは息災でいらっしゃいますか」

「まあ、仕事もつづけているし、元気でいるようだ。――あの平鉢はうちに返してもらった」

その一件については、冬吾は詳しく語る気はないようだった。すでに丸く収まった話であるし、寿安によけいな気を遣《つか》わせたくはなかったのかも知れない。

寿安もまたそれ以上は問わずに、ようございましたとうなずいた。

「つつがなくお暮らしでしたら、それで」

二人の会話を上の空で聞きながら、るいは内心で首を捻っていた。先に感じた違和感が、またも胸の内でちくちくと騒ぎ出したのだ。

「思い返せば、初めてお会いした頃はご店主もまだお若《わこ》うございましたね」

寿安がしみじみと言った。

「当たり前だ。十数年も前では、まだ二十歳も過ぎていなかったからな」

十数年。寿安が初めてここへ来たのが冬吾がまだ九十九字屋を引き継ぐ前、養い親のキヨが店主の頃なら、確かにそれくらいは経つだろう。

（そう言えば……）

冬吾が寿安のことを何と言っていたか、その時はっきりと思い出した。思い出したとたんに、るいはぎょっとした。

——歳は三十前後か。しかし終始穏やかに微笑んでいるような表情は、それよりずっと若いようにも見える。

——逆に柔らかな声と話しぶりや落ち着いた物腰は、人生の山も谷も知り尽くした老《ろう》練《れん》な人間のもの。

違和感の理由が、やっとわかった。

冬吾が語ったかつての寿安の姿と、るいが今こうして目の当たりにしている姿が、寸分も違《たが》わない。まったく同じなのだ。

(でも……そんなことって)

十数年前に三十前後に見えた人間なら、今はもう初老のはずではないか。

初めて寿安を見た時に、思っていたよりもずっと若いとるいは感じた。きっと冬吾から聞いていた話がかけらほどにはるいの頭の片隅に引っかかっていて、そのせいで何かが嚙《か》み合わないような、腑《ふ》に落ちない気持ちになったのだ。

(それじゃ寿安さんて、本当は今、何歳なの!?)

「あ、あの、冬吾様」

わたわたと言いかけたるいだが、冬吾になんだという視線を返されて、口を噤《つぐ》んだ。

本人を前にして訊いてよいことなのかわからないし、なにより、先代の頃から寿安を知っているという冬吾が、相手の年齢のことには一切触れないどころか、何事もないように平然と応対をしているのだ。

（あたしは分を弁《わきま》えた奉公人なんだから、主人を差し置いてよけいなことを口にしちゃいけないわよね。……ただ年齢より若く見える人ってだけなのかも知れないし……）

しかし年齢不詳にもほどがある。もしや寿安さんはあやかしではないかしらと、ちらと思ったが、いやどう見ても生身の人間だ。そうなるとますますわけがわからない。正体があやかしというほうが、まだスッキリするというものだ。

と、あれこれ頭を悩ませているるいをよそに、冬吾と寿安の会話はつづいていた。

そもそもなぜ品を直接ここに届けさせたのかと冬吾が訊けば、江戸にいる間は知人の家に間借りさせてもらっているが、そちらで預かってもらうのは心許《こころもと》なかったと寿安は言った。

「そういうことで、まことに勝手ながら、深川北六間堀町の九十九字屋のご店主にお届けくださいとお願いしたのでございます」

「お願い？　誰に」

「姿はご覧になっておられませんか？」

寿安は少しばかり声を低めた。いや、と冬吾は首を振る。

「店を開けた時には誰もいなかったそうだ。表口にそれが置いてあるのを、るいが見つけた」

さにあらんというふうに、寿安はうなずいた。

「実は私にも、相手が誰なのかがよくわからないのでございますよ」

「わからない？」

「はい。人ではない者であろうということくらいしか」

ほうと冬吾は呟《つぶや》いた。なるほど、確かにいわくつきだ。

寿安は印籠の蓋を取ると、先日冬吾がしたのと同じように、掌に中身を転がした。見えるはずのない目で、じっとそれを見つめるような仕草をする。しばらくして、まるで大切に愛《いと》おしむように、そっと印籠に戻した。

「象牙の玉のようにも見えるが、それが何なのかは、知っているのか？」

ええ、と深くうなずいて、寿安はにこやかに言った。

「これは――私の目玉でございます」

その一言で、寿安の年齢のことなどいっぺんに頭から素っ飛んでしまった。るいは寿安を見つめたまま、ぽかんと口を開けて絶句した。

「目玉と申しましたが、もちろん、本物の目玉をほじくり出したものではありません。正しくは私の視力――本来持っていた見る力とでも言うべきでしょうか、それがこのような丸い玉のかたちに変じたものと言えば、おわかりいただけますか」

そう言われて、なるほど左様《さよう》でしたかなどとうなずけるわけがない。何をどうしたら、人間の視力が本人を離れて、小さな玉みたいになってしまうというのか。

父親が妖怪であるおかげで、世の中のたいがいの不思議には「そういうこともある」ですませてしまえるるいだが、さすがに今回は驚いた。

(あ、でも……)

ちょっとだけ腑に落ちて、るいは開いたままだった口をようやく閉じた。

――寿安は按摩だ。目が見えない。その男に届いたものが、おまえには目玉に見えたというのがな。

あたしが印籠の中をのぞいた時に見たもの。やっぱりあれは、目玉だったんだ。寿安さんの目玉だったんだ。

「ご店主には以前にもお話ししたことがあったかも知れませんが、私がこのように盲目となりましたのは、まだ乳飲《ちの》み子のうちに病を患《わずら》ったせいでございます。どうにか命は助かりましたが、何日も高い熱をだしたせいで目が見えなくなったのだと、師匠からは聞かされておりました」

寿安の口調が、ややあらたまった。印籠をそっとおのれの膝の上に置くと、居住まいを正す。るいもつられて、背筋を伸ばした。

「物心がついた頃には見えぬのが当たり前になっておりましたので、特に苦にも思わず暮らしていたように思います。端《はな》から見えるということがどのようなものかを知りませんでしたから、見えないことが不便だとも、まして他人様《ひとさま》と自分が違っているということも、よくわかってはいなかったのでございましょう」

幼いうちに按摩の師匠に弟子入りし、家族の記憶はほとんどないと寿安は言う。里心がついてはいけないからと、師匠は彼の両親がどこの誰であるか、訊いてもけして教えてはくれなかった。

「家族のことは忘れろ、おまえに親はいないと言われ、盲目の私が一人で世間を渡って生きていくための技と覚悟を、厳しく叩き込まれました。寿安というこの名前も、師匠からいただいたものです。親からもらった名は忘れました」

それでも、師匠は時おり、幼い寿安にこうも言ってきかせたという。

――おまえのお父っつぁんおっ母《か》さんは、おまえの先々を案じなさったんだ。親にとっては、子を手放すほど辛《つら》いことはない。おまえの身過ぎ世過ぎのためを思えばこそで、おっ母さんはおまえを私に渡す時には泣いていなさった。

――だからおまえは、親に捨てられて私のもとへ来たわけじゃない。それだけは、忘れるのじゃないぞ。

「私が師匠の家の下働きから始めてどうにか独り立ちするまでの間、自分の身の上を恨んだり、ひねくれたりもせずにやっていけたのは、師匠のその言葉のおかげでございました」

厳しかったが情のある人でしたと、寿安は懐かしむように言う。口ぶりから、その師匠という人はすでに鬼籍《きせき》に入ったのだろうと思われた。

「それなのに……いえ、それだからこそです。私には、養い親と恃んだ師匠にも、どうしても打ち明けられずにいたことがありました」

寿安は両手で掬《すく》うように湯呑みを持ち上げると、茶を一口二口飲んだ。寸の間言葉を探すように舌先で唇を湿し、湯呑みをまた置いた。

私は……と、ゆっくりと言葉を継いだ。

「偶《たま》に、ええほんの偶にでしたが、目が見えることがあったのでございます。そのことは、誰にも言わずにおりました」

これにはるいだけではなく、冬吾までが「えっ」と腰を浮かした。

「見えた？　それは――」

どういうことかと言い止《さ》して、冬吾はふと寿安の膝の上の印籠に視線をやった。そうして腰を落とすと、寿安に話の先を促《うなが》した。

「見えると言っても、その時に目の前にあるものが見えるということではありません。そばにはいない知り合いでもないはずの人の顔を間近にしたり、自分は家の中で飯を食べているのにふいに何処《どこ》かの風景が目蓋の裏に広がったりという具合です」

それは前触《まえぶ》れもなく、寿安の闇の視界に浮かび上がるのだという。

「そもそも目で見る感覚がわからないのですから、自分が何かを見ているということに気づくのも、たいそう遅かったのです。子供の頃はただぐにゃぐにゃとした人か風景かの区別さえつかぬものばかりが突然頭に浮かんで、ずいぶんと不安で混乱したことを覚えております」

空が青いと言われて、その空を見たことがなく青い色というのがどんなものかもわからないのに、その青い空が闇の中から立ち現れる。幼心《おさなごころ》にそれはただ怖ろしいことだった。周囲の者にそのことを伝えようとしても、子供の拙《つたな》い言葉でどう説明したらよいのかがわからなかった。

やがて成長するにつれ、世の中のことを学んで知るにつれて、見えるものの輪郭《りんかく》が次第にはっきりとしてきた。手に触れるもの、耳に聞こえるもの、自分をとりまく様々な気配といったもののひとつひとつが結びついて、あれは男だ、女だ、あれが家だ樹木だと姿形がわかるようになったのだ。

「おかしなもので、そうなると今度は、自分が得手勝手《えてかって》な妄想をしているのだと考えるようになりました。私が見ているものは、別れた家族なのだろう。何処にあるか知らぬ生家《せいか》であろう。親が恋しいあまりに、我知らず顔も知らぬ家族の幻を描いているに違いないと」

家族のことは忘れろと言われたのに、いまだ妄想をするほど未練があると知られれば師匠に叱《しか》られてしまう。幻にすがろうとするのは、おのれの覚悟がさだまっていない証《あかし》であろう。――だからなおのこと、これはけして他人に知られてはならない、こんな妄想は早く捨ててしまわなければならぬと考えた。

けれどもいかに寿安が煩悶《はんもん》しようと、それは消えなかった。

「頻繁《ひんぱん》にというわけではありません。多い時でも一年に四回か五回といったところでしょうか。年に一度も見ないこともございました。それでもそれがあらわれるたび、私は自分の弱さに失望しておりました。師匠に申し訳ないと思いました」

思い違いに気づいたのは、独り立ちして師匠のもとを離れ、さらに数年ばかり経ってのことであった。

その時も、とある光景が見えていた。どこかの路地の日溜《ひだ》まりで、童女が子犬と戯《たわむ》れている。まだ手習いを始めたばかりという年頃か。声は聞こえないが、時おり屈託《くったく》のない笑顔をこちらに向ける。なんと愛らしいと、寿安もまた微笑んだ。

この童女の姿を見るのは、もう何回目かだ。最初はもっと幼く小さく、別の路地をよちよちと歩きながら、頭上に差しかかる満開の梅の枝に懸命に手を伸ばしていた。

回を重ねるにつれ童女は少しずつ成長し、寿安もいつしか、その幻が目蓋の裏に訪れるのを楽しみにするようになっていた。

眺めているうちに、子犬が腕の中からするりと逃げた。童女は慌ててそれを追おうとして、足もとの石にでも躓いたか、そのまま地面に転んでしまった。危ない、と思わず寿安は叫んだ。とたん、おのれの足で駆け寄ったかのように童女の姿が近づいて、半べその顔が視界に広がった。さらに、何者かの腕が、まるでおのれがそうしているように伸びて、童女を抱き起こした。

寿安は驚いた。ふいに、雷に打たれたように胸の内を疑問がよぎった。——見ることを知らぬ自分が、たとえ妄想であろうとこのように色彩や光の具合までもありありとした光景を見ることなど、果たして可能であろうか。もしやこれは、おのれが勝手に思い描いた幻ではないのではないか。

——これは、これが、本当に目で見るということなのではないか。

童女の姿が目蓋から消えても、寿安は愕然《がくぜん》としたままであった。その頃はまだ江戸を離れることはなく、師匠から独立の餞《はなむけ》にと譲ってもらった客の他は、夜な夜な笛を吹いて細々と稼業にいそしんでいた。裏長屋の一部屋をねぐらに、その日も客を求めて流して歩く支度にかかっていたところであったのだ。

しかし、茫然自失から立ち直っても、頭の中は混乱するばかり。手まで震えてこれでは商売にならぬと、まだ昼過ぎであったが夜着《よぎ》を引っ被《かぶ》り、その夜は眠れぬまま悶々《もんもん》とした。

「思い返せばそれまでも、同じお人の姿や風景が繰り返し、何年も立ち現れることがありました。そのすべてを、身内恋しさにおのれが頭に描いた幻だというには無理がある。それでようやく、合点がいったのでございますよ」

自分が見ていたものは、誰か別の人間の目を通して実際に見ている光景だったのだ、と。

「もちろん、なぜそのような奇妙な事が起こるのかなど、その時の私にわかろうはずもありません。その謎が解けたのは、それから十年の後のことでございます」

その十年の間に、視界にあらわれる童女は花がほころぶように美しく成長していき、年頃の娘となり、やがて嫁《とつ》いだ。輿入《こしい》れ先は商家のようで、娘は白い打ち掛けに身を包み、紅《べに》と白粉《おしろい》で粧《よそお》って花婿《はなむこ》の隣に座っていた。――その祝言《しゅうげん》の光景を最後に、二度と彼女の姿を見ることはなかった。

「あの時の晴れがましい、それでいて胸が締めつけられるような寂しい気持ちを、今でもふと思い出すことがございます。お笑いくださいますな、いつの間にか私は、名前もわからなければどこの誰かも知らない他人様の娘さんを、我が子を見守るような想いで見ていたのでございます」

苦笑するように言って、寿安はふたたび湯呑みに手を伸ばす。それまで一心に話に聞き入っていたるいは、慌てて盆を摑《つか》んで腰を浮かした。湯を沸かして、熱い茶に取り替えようと思ったのだ。

が、るいが立ち上がるより早く、寿安は首を振った。

「ああ、お気遣いなく。話が長くなりました。どうかもうしばらくの間、おつきあいください」

そう言われると話の腰を折るわけにもいかず、るいははいとうなずいて盆を抱えたまま、また腰を落とした。

それは祝言から半年ほど経った頃のことでございました——と、寿安は話の先をつづけた。

その日の客は気前がよく、けっこうな金額の酒手《さかて》をはずんでくれた。なので仕事を早めに切り上げ、長屋に戻って少しばかり酒を飲み、そのまま寝床に潜り込んだ。

目を覚ましたのは、夜明け前であったろう。肌に触れる微妙な空気の気配の違いで、だいたいの時刻は察しがつく。

目覚めたとたんに頭が冴《さ》えた。自分の身体が硬くなって、ひどく緊張していることに気づいた。

何かが、部屋の中にいる。

しんと怖ろしいほど静まった夜の底に潜んで、じっとこちらを見ている。

ぞっとして、寿安は身体を起こした。

「どなたかいらっしゃいますのか」

問いかけると、まるで身じろぎするように夜気《やき》が揺れた。ふうぅ、と小さく息をつく響き。それとともに、微《かす》かに獣じみた臭いが空気に混じった。

――わしは神様のみつかいじゃ。

ざびざびと引き攣《つ》れた声が、思っていたより近くで聞こえた。ところどころくぐもって、まるでうまく動かない舌を懸命に使って言葉を絞りだしているようである。物言いも、どこか幼い子供のように拙い。

だが、そこに殺気や害意は感じられない。聞き取りづらくはあったが、幼子のようなと思ったとたんに寿安の怖れは薄れて、好奇心が勝った。

「どちらの神様でございましょう」

——目の神じゃ。目の病をなおす神じゃ。

はてと、寿安は首をかしげた。

「畏《おそ》れ多くもありがたき神様の御使いともあろう方が、なにゆえ私のような者のもとに顕現されましたか」

もとより盲目の身で、眼病《がんびょう》治癒《ちゆ》の神と縁があろうはずがない。

——おまえにいんがを含めにまいった。

その口調が、ちょっと威張《いば》ったものになった。「畏れ多くも」だの「ありがたき」だのと言われて、嬉しくなったとみえる。

「因果、とは」

——おまえの目が見えなくなったわけ。

寿安はいっそう首を捻った。

「私の目が光を失ったのは、乳飲み子の時の病のせいでございます」

——ちがうちがう。

神の御使いを名乗る何者かは、不明瞭《ふめいりょう》な言葉でつっかえつっかえしながら、それでもまくしたてた。

――おまえは病で死んでいるはずだった。病をわずらった時に、じゅみょうはつきておった。本当ならおまえは、今この世にいない人間なのだ。

――けれどもおまえの小さな姉が、おまえを助けてくれと願ったのだ。わしの主に手をあわせたから、それでわしはおまえを助けようと思った。だが、もともとなかったはずのじゅみょうを伸ばすことはこの世のどうりにはんすることだ。ないものを与えることなどできぬ。だから。

命の代償に、おまえの目を取った。自分は目の神の使いだから、そうやって辻褄《つじつま》をあわせたのだ、と。

「それを聞いて、もちろん私は驚きました。何より自分に姉がいたということ、その姉が私のために神仏に祈り、おかげで本来ならば乳飲み子のうちに消えていたはずの私の命が存《なが》えたということを知り、ひどく感じ入りました。……ええ、本当なら私はとうの昔に死んでいて、ここでこうしてご店主と言葉を交わすことも叶《かな》わなかったはずの人間なのでございます」

静かに言って、寿安はふと首を巡らせる。座敷に面した裏庭に顔を向けた。裏と言っても蔵がひとつと木が何本か植わっているだけのぽかんと広い空間だ。そこに卯月の陽射しが眩《まばゆ》く降っている。

見えていないはずなのに、陽射しの風景を楽しんでいるかのごとく、寿安は口もとを緩《ゆる》めた。楽しんでいるのは肌に感じる初夏の風か。遠いざわめきとなって耳に届く、人々の生活の音か。鼻孔《びこう》がとらえたのは、温められた草の香、土の香だろうか。——それらをいっしょくたに、他人の目を通して見たことのある光の光景を、そこに重ねているのかも知れなかった。

冬吾はふうと長く息を吐いた。ぼさっとした髪を指で掻《か》き回して、何か言いたそうにしている。訊きたいことはたくさんあるが、どれから手をつけてよいのかわからないとでもいう風情《ふぜい》だ。

それはるいも同じである。子供の頃から幽霊やあやかしを山ほど見てきたし、九十九字屋に奉公するようになってからはこれでもかというほど、不思議な話や事件に遭遇した。

でもその中でも、今聞いている寿安の話は、いっとう不思議だ。不思議話の見立番付があるとしたら、少なくともあたしの中では大関《おおぜき》だわと、るいは思った。

寿安はまた、冬吾のほうに顔を向けた。片手の指で、目蓋の上から自分の目をそっと撫《な》でる仕草をした。

話はまだお終《しま》いではない。

「……姉はその時、三つか四つばかりに見えたそうでございます。それほどに頑是無《がんぜな》くとも、自分の弟が病で死にかけていることは、わかっていたのでしょう。天に祈ることの意味もまだよく知らぬ歳で、親が神仏に手を合わせるのを見て、一生懸命に真似たのでございましょうね」

三つ四つの子供が自分の足で一人で行ける距離など、たかが知れている。ならばその神を祀《まつ》った場所は、住んでいた家のすぐ近くにあったはずだ。そこを訪れ病を治してもらおうと縋《すが》って手を合わせる者の姿も、自然と普段から目にしていたことだろう。

大人たちと同じように手を合わせてお願いすれば必ず弟は助かると、幼い姉は手先ほども信じて疑わなかったに違いない。――その神の御利益《ごりやく》が眼病治癒であるなどと、もちろん、知るよしもなく。

これは困ったことになったと思ったと、神の御使いだという何者かは、あけっぴろげに寿安に言ったものだ。眼病でもなく、ましてや命数《めいすう》の尽きた者の命をどうこうすることなど、自分の役目の範疇《はんちゅう》を超えている。それでも、小さな手を合わせた姉の姿があまりにいじらしく、願いを無下《むげ》にすることはどうしてもできなかったのだと、要約すればそういうことを、相変わらずざびざびと聞き取りにくい声で告げた。

「正直に申しますと私は、親に捨てられたわけではないという師匠の言葉を、もしや師匠が私のためについた嘘であったのではと思わぬこともなかったのでございます。それならそれでありがたい嘘だと、その時まで考えておりました。けれども、そのように姉の話を聞いて、ああ師匠の言ったことは本当だったと。私は親にも姉にも、大切に想われていたのだと、それはまるで胸の内に火が灯《とも》ったようで、しみじみと嬉しく温かな気持ちになりました」

十分だと、寿安は思った。命と引き替えに視力を失ったとしても、もともと命がなければ見えるも見えないもないのだ。恨み言など、あるわけがない。

「こうして姿を顕《あらわ》してくださり、姉についてお話しくださったこと、まことにありがとうございました。おかげさまで、長年の胸のつかえも下りました」

寿安は手をついて頭を下げ、丁重《ていちょう》に礼を述べた。

ところがなぜか、相手は黙り込んだ。ぽかんとしたような間があった。

どうしたのかと寿安は顔をあげ、耳をすませた。すると。

——まだ帰らん。用事があってきたのじゃ。

はて、因果の話ではなかったのか。自分が盲目となった本当の理由を、たった今聞いたばかりである。

寿安が首をかしげていると、

——おまえは、目が見えないのに何かが見えることがあるだろう。それを不思議とは思わないのか。

ちょっとばかり気分を害したような声であった。

寿安ははっとした。そうでした、たいそう不思議に思っておりました……と答えると、相手がうんうんとうなずく気配があった。

——それはわしが、おまえから取った目を、別の人間に貸しだしたからじゃ。

眼病を患い、神の御利益を求めて祈願に訪れた者に、寿安から奪った視力を貸し与えたと、今度はなかなか得意気である。

今度は寿安がぽかんとする番だった。

「私の目を他人に貸したのですか。そのようなことが、できるのでございますか」

——できるとも。目の神のみつかいじゃからな。人の目を取ることも、貸すこともできる。

しごく簡単なことのように言われて、寿安は思わず、

「まるで損料屋《そんりょうや》のようでございますね」

感嘆をこめて、そう言った。

損料屋というのは、客に日常品や衣服を貸し出す商売である。江戸の華と嘯《うそぶ》くほど火事に見舞われることが多く、また狭い長屋住まいの江戸の庶民は、家財道具をほとんど持たない。鍋釜《なべかま》、夜具《やぐ》、畳《たたみ》や蚊帳《かや》、果てはふんどしまで、損料屋で借りてすませるのが常だ。

——そんりょうや。そうじゃそうじゃ、目のそんりょうやじゃ。

まるで手を打って喜ぶ子供のように、神の御使いは声をあげた。

しかしまさか、それで金を取るわけでもなかろうと、寿安は思った。

「ではあなた様は何と引き替えに、病人に目を貸し与えたのでございましょう」

――じゅみょうじゃ。

えっと寿安は息を呑んだ。

――病で目がみえなくなった者たちに、おまえの目を貸して、見えるようにしてやった。その目を貸している間のぶんのじゅみょうを、その者たちから取った。

――そうしてそれを、おまえの命の年数に振りかえたのじゃ。

「私がその歳まで生きることができたのは、姉の祈願のおかげばかりではなく、他人様からわけていただいた寿命のおかげだったのでございます」

――ないものを与えることなどできぬ。だから。

命の代償に寿安から目を取り上げ、逆に彼の目を借りて見えるようになった者たちからは代償として、寿命のうちの幾らかを取り上げた。それをあらためて寿安に与えることで、その命数を伸ばした。そういうことだったのだ。

「それでこそ、辻褄があうというものだ」

冬吾はぞんざいに言った。寿安がほんの少し表情を曇らせたのを、見逃さなかったからだ。

「その連中は、納得ずくで自分の寿命を差し出したのだろう？」

「はい。皆さま、寿命を削《けず》ってもかまわぬから目が見えるようにしてほしいと仰ったそうで」

神の御使いだという誰かは、眼病治癒の祈願に来た者たちの中でも特に切羽詰《せっぱつ》まった事情を抱えたらしい人間を選んで、一人一人に律儀《りちぎ》に訊《たず》ねたらしい。おそらくあの夜、寿安の前に顕れたように、夜中にそっと声をかけたのだろう。

「それなら、後ろめたく思う必要はなかろう。それこそ損料屋なら、ただで品物を貸してやる義理などないからな。客は納得して金を支払うものだ」

(それってつまり、寿安さんが貸した品物の賃料を、神の御使いさんが間に入って相手から取り立てて、寿安さんに返したってことよね)

自分なりに噛み砕いて考えて、うん、筋は通っているわと、るいもうなずいた。貸した物が目で、支払いが寿命というのは、そりゃあ驚きだけれども。

そうでございますねと、寿安は淡く微笑んだ。

「私が時おり、知らぬはずの風景や人の姿が見えていた理由も、それでようやくわかりました」

他人の目を通してそれらが見えていたのではなかった。その逆だ。

寿安の目を借りた人間が、彼の目を通して見ていたものであったから、それが偶《たま》さか寿安が見ているふうになったのだ。

「たとえ他者に委《ゆだ》ねたとはいえ、やはりもとは私の目でありますから、細く細くであっても私の心や身体と繋がっていたのでございましょう」

おのれの寿命と引き替えに目を借りていった者たちには、様々な事情があった。短ければ数ヶ月、長い者は何年も。おしなべて皆、真摯《しんし》に切実な理由があった。

いずれも眼病を患い、失明まではいかずとも、ほとんど視力を失っていた。重篤《じゅうとく》な年老いた母親をせめて最期《さいご》まで看病したいという、百姓の息子がいた。せめて自分が手がけている像を彫り上げるまではと、血を吐くように祈った仏師《ぶっし》がいた。妻に先立たれ、男手ひとつで幼い娘を育てていた男は、娘が育ち嫁ぐ日まで十年の寿命を差し出したと聞いて、寿安は深く首肯《しゅこう》したものだ。――ああ、自分が十年間見守ってきたあの童女がそうであったかと。

「私は、御使いを名乗る相手に訊ねました。なぜ今になって私のもとに顕れ、これほど詳《つまび》らかにすべてを語ってくださったのかと」

その理由こそが、相手の言う用事であろうと思った。

――おまえに目を返す。

果たして、そう返事があった。寿安はまたも驚かされた。

「目を返す？　何故でございましょう」

――おまえは、これまでこの世でたくさんの縁を結んだ。人と係わり、言葉を交わし、その者たちの記憶に残った。それが縁だ。

稚気《ちき》にあふれたそれまでの物言いとは違い、厳《おごそ》かとも言うべき響きがその声にはあった。

思わず寿安は、居住まいを正して神妙に耳をかたむけた。

――おまえは他人のじゅみょうを受け取って、ここまで生きてきた。ほんらいこの世にいるはずのない人間だ。けれどもおまえが結んだ縁は何重にもなって、しっかりと根を張った。

――おまえの目を借りた者たちも、おかげで自分らの望みをかなえることができた。それもまた縁。少なくともおまえが親から生まれてこなければ、なかったこと。

――だからおまえは、この世にいていい人間になった。ちゃんと生きている人間になった。これからはもう他人のじゅみょうによって生きる必要はない。他人に目を貸す必要はない。

　――それゆえ、おまえに目を返す。

「七つまでは神のうち、この世の人ではないと申します。ならば私は御使いに目を返すと告げられたその時まで、まだ七つに満たぬ子と同じ、彼岸此岸《ひがんしがん》の境目にいるような存在だったのでございましょう。他人様が削った命で此岸に留まり、今度は他人様とのご縁によってはじめて人になったのでございます。つくづく、ありがたいと思いました」

「じゃあ、その時に返してもらったのが、そこにある、その……目玉、なんですか？」

　るいはおそるおそる、訊ねた。御使いが顕れたのは、いつのことだろう。寿安は昔話のように語っている。

　いえいえと、寿安は首を振った。

「その時には、お断りいたしました。私が初めてこの店をお訪ねするよりも、ずっと前の出来事でございます」

　るいは目を丸くした。思っていることがすぐ顔に出ると、冬吾にはしょっちゅう呆《あき》れられているが、寿安にはるいの表情なんて見えないはずだ。それともあたし、思っていることが声にも出ているのかしら？

首を捻りながら喉《のど》を押さえて、「あー、うー」と自分の声を確かめているるいにはかまわず、

「取られた目が戻れば、盲目ではなくなるということではないのか？」

冬吾は怪訝そうに言った。

そうでございますねと、寿安はうなずく。

「目が見えるようになるとわかっていて、相手が返すと言ったものを断ったというのか。……なぜ」

「その必要がなかったからでございます」

寿安は柔らかく笑んだ。

「私の生業は、按摩ですので」

「目明きの按摩もいるだろう」

「もちろん、おります。けれども目が開いて得るものと失うもの、秤《はかり》にかければ後者のほうがよほど多いように私には思えたのですよ。思えば私がこの世で得た縁というのは、私が盲《めし》いたからこそ生まれたものでございます。目が見えぬゆえに多くの方に支え

ていただき、人の世の情けに触れることができました」

見えぬとて不自由はない。耳をすませ、匂いを嗅ぎ、肌に感じ、少しばかり勘を研《と》ぎ澄《す》ませれば、たいていのことは事足《ことた》りる。世の中の嫌なことも醜《みにく》いことも、見えぬのなら見ずにすむ。

「もし、目を返していただいたら、その私はもうそれまでの私ではなくなってしまいます。正直に申しますと、それが何やら怖ろしいことのように思われまして」

だから断った。――私の目は返してもらわなくてもけっこうだと。あなた様がそのまま持っていて、これからも眼病を患った者の助《すけ》にしてくださいますようにと。

寿安のその言葉に、神の御使いだという者は戸惑ったようだった。

――それでよいのか。見えぬままでよいのか。

かまいませんとうなずくと、相手は考え込むようにふぅと息を吐いた。獣臭さが、また漂った。

――なら、おまえの言うとおりにしよう。これまでどおりにするぞ。かまわぬな？

何度も念を押して、御使いの気配は消えた。

寿安は夜具の上に端座《たんざ》したまま、しばし手を合わせた。気づけば肌に感じていた夜の闇の重さは薄れ、透《す》いていく大気に鳥の囀《さえず》りが混じって、朝の訪れを告げていた。

「それからも、時おり知らぬ人々の顔や風景が見えましたから、私の目は祈願に訪れた方々のお役に立っていたのでしょう」

現実に立ち返れば、庭に射し込む陽の色に、わずかではあるが夕暮れの気配が混じり込んでいた。

寿安は膝に置いたままだった印籠を、指先で撫でた。返したと言った彼の目が、その中に入っている。

「茶をもう一杯くれ。寿安にも」

冬吾に言われ、寿安も今度は引き留めなかったので、るいは「はい」と答えて台所へ行き、湯を沸かしなおした。その間にも、座敷の会話に耳をすませる。

「……ところが先日、ずいぶんと久しぶりにまた御使い様が顕れまして」

けして大きくはないのに、寿安の声はよく通ってるいの耳に届いた。

「自分はそろそろ役目を終えなければならないから、今度こそこの目を私に返すと、そう言ったのでございます」

一度目の時と、様子が少し違っていたという。気配が希薄《きはく》だった。獣臭が漂うのは、相変わらずであったが。

「つっかえたりぐもったりというのもそのままでしたが、声がずっと弱々しくかすかすとして聞こえました」

おそらく、実体ではなかったのだろう。自分はその時、小田原にいたから、魂魄《こんぱく》だけが東海道《とうかいどう》を渡って江戸から飛んできたに違いないと、寿安は言った。

「私は宿場のはずれの木賃宿《きちんやど》に逗留《とうりゅう》しておりまして、そうすると寝るのは大部屋で他の客と木の枕を並べての雑魚寝《ざこね》でございます。その晩は私の他に、十人ばかりも客が泊まっておりましたか」

だが、深夜に目を覚ますと、奇妙なことに周囲には人の気配がまったくなかった。寝入りばなに隣で響いていた鼾《いびき》はおろか、他の客たちの寝息も聞こえない。夜気はしんと静まって、肌に痛いほどだ。

おのれ一人が闇の中にぽつんと置き去られたような心許ない気持ちになって、寿安は身体を起こした。周囲にいるはずの客に声をかけようと息をひとつ吸ったとたん――ざびざびとして忘れようもない声が、耳もとに聞こえたのだ。

「お役目を退《しりぞ》くとなれば、もともとの持ち主である私が、目を受け取ることを拒《こば》むわけにはまいりません。ようございます、お返しくださいとお答えいたしました」

するとと相手は、深く深く息をついた。安堵《あんど》したかのようだった。

——今は持っていないので、おまえの目はあとで届ける。江戸のどこに届ければいいか。

「やはり江戸でなければいけないようでした。しかし先に申しましたように、私は江戸での住処《すみか》はとうに引き払っておりまして、とっさに思いついたのがこちらのお店だったのでございます」

寿安は恐縮したように、また頭を下げる。るいが新しく淹《い》れた茶を座敷に運んで、彼と冬吾の前に置くと、それにも丁寧に礼を返した。

「それで」

と、冬吾は湯呑みを手に、しげしげと寿安を見た。

「どうする気だ。印籠込みで、うちでそれを買い取ればいいのか?」

「迷っております」

「ふん? まあ、買うのはかまわないが、売り物にはならんな。持っているだけで目が見えるようになるというものでは、なかろうし」

「はい。些《いささ》か、作法がございまして」

冬吾は湯呑みに口をつけてから、ほうと呟いた。

「この玉をひとつずつ、両目の目蓋に置いて、目の神様への祝詞《のりと》を唱えるのです。祝詞といえば仰々《ぎょうぎょう》しいようですが、童《わらべ》のおまじないくらいの短いもので」

去る前に、御使いはその作法を寿安に伝えたという。

「作法さえ知っていれば、誰にでもできるということか」

「できましょうね」

それゆえに迷っておりますと、寿安は言う。

「そう聞くと、荷が重いな」

冬吾はうっとうしく額にかかる前髪を掻き上げて、息を吐いた。なおさら売り物にはできないと呟いたのを聞いて、るいは首をかしげた。

(そりゃあ、売れば大枚叩《はた》いてでも手に入れたいって人はたくさんいるわよね。おまじないさえ知っていれば、目の病に苦しんでいる人がたちどころに見えるようになるなんて、とんでもないお宝だもの)

でもそれだったら、お金のある人しか手に入れられないわけで、不公平だわとるいは思う。それに、そんな話が広まったらよけいな騒ぎになって、へたをすれば刃傷沙汰《にんじようざた》まで起こってしまうかも知れない。人の手から手に渡って、中には悪用する輩《やから》も出てくるかもしれない……と、悪いことが次々に頭に浮かんでしまい、るいは冬吾とそっくり同じにふうと息を吐いた。

(冬吾様が荷が重いって言ったのは、そういうことかしら)

寿安さんは今度もまた、自分で目が見えるようになりたいとは思っていないのかしら。迷っているということは、自分の目玉を手放してもかまわないと少しは思っているということかしら。正確には目玉ではないけれど、それでもあの二つの玉は、寿安さんの目なのだ。

(そもそも売ったり買ったりするものなのかな)

何か違うような、すっきりしない気分だった。

寿安は印籠を丁寧に手拭いに包みなおすと、自分の懐に入れた。

「ご迷惑なことで、申し訳ございません。まだまだおのれの心ひとつ決めかねる未熟者でございます。今日はこれでお暇《いとま》させていただきまして、また出直すことといたします」

「知人の家に間借りしていると言っていたな。場所はどこだ」

「湯島《ゆしま》でございます」

「今から帰るより、筧屋《かけいや》に泊まっていったらどうだ。安くしておくぞ」

それはありがたいと、寿安は顔を綻《ほころ》ばせた。

「ご好意に甘えてもうひとつ、ご店主にお許しいただきたいことがあるのですが」

「何だ」

「明日一日、るいさんの手をお借りすることはできますでしょうか」

（え、あたし？）

きょとんと目を丸くしたるいに顔を向けると、寿安はにこりと笑って見せた。

二

「おや、客が来ていたのかい」

るいが台所で湯呑みを洗っていると、忍びやかな足取りで三毛猫が勝手口から入ってきた。ちょうど寿安を見送ったばかりで、入れ違いの格好だ。

「あ、ナツさん、お帰りなさい。昼間はどこにいたんですか？」

「小笠原《おがさわら》様の家の松の木さ」

裏手にある武家屋敷の庭に植わっている大きな松の枝は、ナツのお気に入りの寝場所のひとつだ。特にこの初夏の季節は風が通って気持ちがよいし、古木《こぼく》なので一緒に昔話をするのも楽しいらしい。

「ナツさんは、寿安さんをご存じですか？」

「ああ、顔を合わせたことくらいあるさ」

三毛猫は土間から板の間にひょいと上がって、ひとつのびをすると、そうかい寿安が来ていたのかいと言った。

「妙な男だったろう」

「ええ、まあ……」

「今日は何の用だって？」

「それが――」

ううんとるいは頭を捻った。寿安の話は、聞いていて目が回りそうにびっくりすることが多すぎて、とても、これこれこういうことでしたとまとめられるようなものではない。

「えっと、神様に取られた自分の目玉が戻ってきたので、それを売るとか売らないとか」

「はぁ？」

結局、さっぱりわからない返事になった。

案の定、ナツは猫の顔でもそれとわかるほど、怪訝な表情である。

「話が長すぎて、説明しようとすると、こんぐらがっちまうんです」

洗い物をすませ、手拭いで手を拭きながら、るいはごめんなさいと謝った。

「そうかい。なに、それなら、あとで冬吾か作蔵にでも訊くとしよう。あんたのお父っつぁんは、どうせそのへんの壁で一緒に寿安の話を聞いていたんだろ？」

「お父っつぁんは、ええ、いましたよ」

思わずるいは口を手で覆《おお》って、笑いを噛み殺した。

とたん、そばの土間の壁から、当の作蔵がぬっと顔を突きだした。

「どうしたんだい、あんた。そんな出来損《できそこ》ないのひょっとこみたいな顔をしてさ」

と、ナツが呆れたのも道理、作蔵はぎょろぎょろと目を剝いて、なんともいえないしかめっ面である。

「なんでぇ、あの按摩はよ。こちとら心臓が止まるかと思ったぜ」

何かあったのかいと、ナツはるいを見上げた。堪《こら》えきれず、るいはぷっと吹きだした。

「はい。それが――」

帰り際、草鞋《わらじ》を履いて立ち上がった寿安にるいが杖を手渡した時のことだ。

寿安はふと首をかしげ、遠慮がちに言ったのだ。

「あの。もうお一人はどなた様でございましょう?」

え、とるいが聞き返すと、

「あちらの方です」

寿安は表口の横の壁を指差した。

とたん、うぇ、とその壁の中から仰天《ぎょうてん》した声が聞こえた。

「私がこちらにうかがった時から、ずっと店にいらっしゃいました。ご店主にお話をさせていただいている間は、座敷のほうに。時々、場所を動いておられましたが、静かに口を閉ざしたままでいらしたので、はてどうなさったのかと。ただ、ご店主も何も仰いませんから、お訊ねしてよいものかどうか迷っておりました」

差し支《つか》えがございましたら申し訳ありませんと、寿安は言う。

作蔵がするりと壁から頭を突きだし、自分の顔を指差しながら、どうすりゃいいんだとるいと冬吾の顔を交互に見た。そのるいも、困って冬吾にちらちらと目を向ける。

座敷から寿安を見送っていた冬吾は、二人からの視線を受けて、「はあ」と大きくため息をついた。

「……その男は作蔵といって、るいの父親だ」

「ああ、そうでございましたか。るいさんの。それは、知らなかったとはいえ、失礼をいたしました。あらためまして、寿安と申します。しがない按摩でございますが、お見知りおきいただけましたら」

壁に向かって、というか自分に向かって頭を下げた寿安を見て、作蔵は大慌てでした。にゅっと出した手を顔の前でバタバタ振りながら、

「いやいやいや、俺のほうこそ、黙っていてすまなかったな。俺ぁ、ここの奉公人てわけじゃねえんで、口をはさんじゃ迷惑かと思ってよぉ」

「お気遣いをいただきまして」

「お、おう」

寿安は顔をあげると、ふと思案顔になった。

「どこか凝《こ》っておられますか？」

「は？」

「いえ、お声に凝りが感じられます。僭越《せんえつ》ながら、そのままにしておくとお身体に障《さわ》ることもございますので、お近づきのしるしによろしければひとつ、揉《も》み療治など——」

ひっと作蔵は息を呑んだ。

「い、いらねえ、せっかくだがどこも凝ってねえ。俺は、俺はもともと、身体が硬《かて》ぇんでぇ！」

そりゃ壁だもの固いわよねと、るいは思った。見れば冬吾はそっぽを向いている。肩のあたりが震えているのは、笑いを堪えているからだろう。

そうですかと、寿安は真顔でうなずいた。

「もし按摩が必要な時は、お声をかけてくださいまし。江戸にいる時ならば、いつでも揉ませていただきます。身体を柔らかくほぐすのも、存外、気持ちのよいものでございますよ」

どうぞご贔屓《ひいき》にと丁寧に会釈して、寿安は店を出ていったのである。

「あの時のお父っつぁんの顔ったら」

開いた口が塞《ふさ》がらないというのは、まさにあんな顔なのだろう。思い出すと、るいは可笑しくて堪《たま》らない。

「それは見物だったねぇ」と、ナツも声をあげて笑った。

一人、作蔵だけが渋い表情のままである。

「くそ、あやうく揉みほぐされちまうところだった俺の身にもなってみやがれ」

「何かまずいかい？　いいじゃないか、手でも足でも、出せるところを揉んでもらえば。寿安なら、たとえ相手があやかしだと知ったところで、文句は言わないだろうさ」

本当にそうかも知れないと、るいは思う。結局、お父っつぁんが妖怪の『ぬりかべ』だってことは、言わず終《じま》いだったけれども。

「そういえば、寿安さんはナツさんが化け猫だってことは、知っているんですか？」

どうだろうねと、ナツはヒゲを揺らした。

「一度、塀の上から声をかけたことがあったけど、何でもない顔で挨拶を返してきたよ。女の声が頭の上から聞こえたら、たいていの人間はぎょっとするだろうにね」

「じゃあやっぱり、わかってたのかな」

「勘づいてたって口にはしないんだろ。そういう質《たち》なのか、稼業で染みついた習性かは知らないけどね。按摩が客を揉みながら気がついたことをいちいち口に出しちまったら、相手に嫌われて商売になりゃしないよ」

もしかしたら寿安さんは、お父っつぁんのことも何か勘づいていたのかしら。ふとそう思って、るいはまた口もとを緩ませた。なのに真顔であんなことを言ったとしたら、見かけによらず、ずいぶんな茶目っ気だ。

「おかしな野郎だぜ。あいつの目玉の話も奇天烈《きてれつ》なもんだったけどよ」

「そうそう、その話とやらを聞かせておくれよ」

「おう、それがな――」

化け猫と『ぬりかべ』が土間に居座って、そのまま話し込むことになりそうだったので、

「あ、その前に」

るいは声をあげた。

「寿安さんは、今夜は筧屋に泊まるそうです。――それで、明日は行きたいところがあ

るとかで、あたし、そこへの道案内を頼まれていて」

「あんたにかい？」

寿安がるいの手を借りたいと言ったのは、そのことであった。

「道案内って、どこへ」

「浅草です」

おやと三毛猫は首をかしげた。

「杖を頼りにどこの宿場へでも出かけて行く男が、今さら江戸で道に迷うかねえ」

「それが、探し物があるからあたしに手伝ってほしいって。冬吾様からも、明日は店を休んでかまわないとお許しをいただいたので……その」

わかったよ、とナツは心得たようにうなずいた。

「あんたの代わりに、明日はあたしが店番をしておくよ。気をつけて行っといで」

はいと元気よくうなずいたるいを見て、ナツは目を細めた。るいの顔を見れば、早くも寿安の探し物への好奇心でうずうずしているのが丸わかりだ。こういう娘だから、寿安みたいな摑みどころのない人間でも気を許しちまうんだろうねと、そっと微笑んだ。

翌日。宿の朝餉《あさげ》をすませてすぐに、寿安とるいは浅草へ向かった。

一緒に歩いていて、るいがまず驚いたのは、寿安の足取りの確かさだった。杖で探っているとも思えないくらい、軽やかにすたすたと足を運ぶ。どうかするとるいが小走りになってついて行かねばならないほどだ。

「あいすみません。つい、いつもの癖《くせ》で」

その時も、るいがせっせと足を速めていることに気づいて、寿安は足運びをゆっくりにした。

「大丈夫です。気にしないでください」

この調子なら、思ったより早く浅草に着きそうねと、るいは思う。

二人が今歩いている場所は、本所側の大川べりだ。川面《かわも》に目を向ければ、朝の陽射しがきらきらと躍っている。大小様々な舟が水の上を行き交い、船頭たちの威勢《いせい》のいい声が聞こえてくる。なんとも長閑《のどか》な光景に、るいはしばし見惚《みと》れた。

「……昨日、お会いしてからずっと、不思議に思っておられたでしょう」

傍らで、寿安が言った。

「え？」

「私は、幾つほどの年齢に見えますか」

うっとるいは言葉に詰まった。

(寿安さんて、すごいわ。本当に何でもお見通しだわ)

「それは……えっと、三十か少し過ぎたくらい、かなと」

寿安は杖を操《あやつ》りながらうなずいた。

「はい。皆さま、そう仰います。自分では鏡を見ることもかないませんので、せいぜい指でおのれの顔を探るのが関の山でございますが、ええまあ、見た目にはそんなものでございましょう」

「本当はお幾つなんですか？」

るいはきっぱりと訊いた。こちとら回りくどいことが何より嫌いな江戸っ子なんでぇと、作蔵を真似て胸の内で呟く。

「本当なら、もう還暦《かんれき》を過ぎておりますよ」

そうなんですかとうなずいてから、一呼吸おいて、るいは「ええっ」と仰《の》け反《ぞ》った。

そばのご立派な武家屋敷の壁からも「げげっ」と魂消《たまげ》た声が聞こえたが、それは無視した。

るいの驚きっぷりが可笑しかったのか、寿安はくっくと笑った。

「他の人には言わないでくださいまし。ここだけの話でございます」

慌てて首をこくこく振ってから、相手が見えないことに気づいて、るいは「はい」と裏返った声で答えた。

確かに、寿安が初めて九十九字屋を訪れた時も今と変わらない見た目だった、という時点でおかしいと思ったのだし、昨日の話の内容も年月を逆算すればけっこう歳がいっていることはわかりそうなものだった。

（でも、三十かそこらの外見で実は六十歳をこえているって、やっぱり寿安さんて、あやかしなんじゃ……？）

「冬吾様は、寿安さんの歳のことは知っているんですか？」

「はっきりと申し上げたことはございません。でも、ご店主はあまり気にしておられないようで。あの方は世の不思議や奇妙なことにすっかり慣れててらして、私の見てくれ程度は些細《ささい》なものなのでございましょう」

些細かどうかはともかく、冬吾がたいがいの不思議に動じないのは、そのとおりだ。あと、他人のことにはわりと疎《うと》い。というか、関心がない。

「おかげさまで、救われております。あの方には、何も偽《いつわ》らずにすみますから」

寿安がしみじみと言ったので、るいは首をかしげた。

「偽る、ですか？」

「はい。他の方の目には、やはり私の外見は奇異に映りましょう。おかげで、古い知人には年々、会いづらくなっております。江戸に居付けぬのも、そのせいで」

あっとるいは思った。

それはそうだ。何十年も外見の変わらない相手を見れば、誰でもおかしいと思うはずだ。ひょっとしてこいつは歳を取らないあやかしの類《たぐい》ではないかと、気味悪く思う者も多いだろう。——たった今、るいがそう思ったように。

（あたしったら）

るいは歩きながら、両手で自分の頬をぴしゃりと叩いた。

子供の頃から死者の霊が見えて、それらに触《さわ》れて、お父っつぁんが妖怪の『ぬりかべ』で、不思議を売り買いする九十九字屋の奉公人になってもう二年になるというのに、全然、修業が足りてないわ。——還暦を過ぎた人間が三十に見えたところで、それが一体何だっていうのよ。

寿安は一瞬、るいのほうに耳を傾ける仕草をしてから、そっと微笑む。柔らかな声で、話をつづけた。

「見た目ばかりではなく、実際にこの身が老《お》いることもございません」

「え、じゃあ年寄りにならないから、もう死なないということでは……⁉」

「さすがに、そこまでは」

驚かない驚かないと、るいはぐっと腹に力を入れた。何を言われてももう驚くものか、と、たった今、決めたばかりだ。

「私がこのように歳を取らなくなったのは、初めて御使い様にお会いした時からでございましょう。あの時、ちょうどこの外見のままの三十過ぎの歳でありましたから」

初めて目の神の御使いを名乗る者が、寿安の前に顕れた時。最初に彼の目を返すと言ってきた時だ。

「多分私は、あの時に返事のしようを間違えてしまったのです」

「間違えた？」

「私の目はそのままお持ちいただいて、この先も眼病に苦しむ方の助けにしてくださいと、そう申し上げました」

そうだ。そうして、相手はこう応じた。

――ならおまえの言うとおりにしよう。これまでどおりにするぞ。かまわぬな？

「これまで通りというのは、その時までと同様に、私の目を借りた者たちから、借りた分の寿命を取って、私に返すという意味でございます」

はあ、とるいは小首をかしげた。昨日の話を聞けば、それはそういうことだとわかる。

（でも……）

ちょっと考えて、るいはあれっと思った。

（最初に御使い様が顕れた時点で、寿安さんはこの世で生きることを許されたってことだったよね。……つまり、他の人から寿命をわけてもらう必要はもうなかったわけで……）

るいははっとした。

「これまで通りに目を借りた人たちから寿命を返してもらったら、その分はあ、あまりになりますよね。あまった寿命は、どうなるんですか？」

「辻褄のあわぬことでございますよね」

寿安はうなずいた。

「私はきっと、あの時御使い様に、もう他人様の寿命を取り立てることはせず相手の方に私の目を差し上げてください――と、申し出るべきでした」

けれども、そう言わなかった。だから、これまで通りだ。目を貸した分の年月は、はじめの取り決め通り、そのまま寿安の寿命となる。神様との約束事は、よろず難しいのだ。

「その、辻褄のあわぬ部分を無理矢理にでもあわせようとしたために、他人様からいただいた寿命の分を使い果たすまでは、私は歳を取ることができなくなったのでございます」

（返ってきた寿命の分は歳を取らない……）

なんだかもう頭の中がぐるぐるするけれど、とにかくそういうことだと、るいは胸の内でしっかりとうなずいた。

還暦を過ぎていながら、見た目には三十かそこらという姿。ならば、今まで寿安が受け取った他人の寿命の年月は、おおよそ三十年分ということか。

「それって、もらった分だけ寿命が後ろに延びるんじゃ、駄目なんですか？」

少なくとも、三十年も若い姿のままでいるよりは、そっちのほうが不自然じゃない気

なら

がするけどと、るいは思う。

さて、と寿安は軽く首を傾けた。

「人が天から与えられる命数《めいすう》は、生まれた時に定まっていると言われております。ならばこの世に生きることを許された時点で、私の命数もまた決まっておりましょう。神の御使い様といえど、それを勝手に変えることはできますまい。端《はな》から一生の長さが決まっているものを、無理に引き延ばすのは天の理に反すること。それゆえの帳尻《ちょうじり》あわせでございましょう」

つまりは、余った分を本人が使い果たすまで老いないし、ひょっとして死ぬこともないということだろうか。――ずいぶんと苦しい帳尻あわせだ。

「自分の姿が変わらぬことに気づいたのは、四十も半ばになった頃でしたか。おのれのことだというのに、ずいぶんと遅うございました。昔馴染みのお客様方から、まるで老《ふ》けないようだと言われまして、それで、ようやく」

るいはため息をついた。

「でも、御使い様はそんなことは一言も教えてくれなかったんでしょう？　命数だかなんだかの決まり事かも知れませんけど、寿安さんはちょっとくらい文句を言ったってよかったと思います」

神様にせよ御使い様にせよ、案外、融通《ゆうずう》が利かないわと、るいは軽く唇を尖らせた。

これまでどおりでかまわないなと念を押されたって、何がかまわないのかなんて、教えてくれなきゃわかるわけがない。

寿安はゆったりと微笑んだ。

「もともとは私を生かすために、ずいぶんな無茶をしてくださったのです。ありがたいと思いこそすれ、文句を言う筋合いはございませんよ」

「そういうものですか？」

「はい」

にこにこと笑う寿安を見て、るいは唇を引っ込めた。

寿安は印籠の包みが入ったおのれの懐を、片手で押さえると、

「それに、もうどなた様からも寿命をいただくことはございません。これより先は、私も人並みにおのれの寿命を生きていくことになりましょう。この次にお目にかかる時には、この外見ももう少し歳を取っておりますよ」

それならよかったと、るいは思った。そう言っていいのかどうかはわからないけど、

それでもほっとしたのだ。

　大川を渡り、浅草寺《せんそうじ》の門前に辿り着いた頃には、陽もだいぶ高くなっていた。寿安は参拝客がひっきりなしに往来する風雷神門《ふうらいじんもん》をくぐらずに、長屋や小さな店屋の並ぶ路地へと足を向けた。

「探し物って、何ですか？」

「お社《やしろ》でございますよ」

　見えぬ目で周囲を探るように、寿安は路地の半ばでぐるりと首を巡らせた。そうか、とるいは思った。

「もしかすると、目の神様のお社？」

「はい。一度お詣《まい》りして、ご挨拶をと考えておりました。けれどもどちらのお社かわからずに、今日まで果たせずじまいで」

　江戸に戻った折々に、眼病に御利益があると聞く寺社を幾つか訪ねはしたが、どれも違ったと寿安は言う。

「行ってみれば、違うということだけはわかるのです。御使い様はどうやらここにはいらっしゃらないという気が強くいたしまして」

そんなに有名ではないお社なのかしら。るいは首をかしげた。

だけど寿安の目を借りた人たちは、皆、一時とはいえ眼病が治って目が見えるようになったのだ。その素晴らしい御利益が噂《うわさ》になれば、当の社は江戸でもいっとう名のある神社になって、お詣りする人々がひきもきらずに押し寄せていたって不思議はないのにと思う。

るいがそう言うと、寿安はゆるりと首を振った。

「御使い様は、目を貸し出した方には、けしてそのことを口外しないよう約束を交わしたと言っておいででした。もし他人に話せば、即座におまえに貸した目を取り上げると、そう脅したと。——最後にお会いした時に、そんな話もしておられましたよ」

「そうなんですか？　でも、どうして」

「目を借りることができる者は一人だけなのだから、大勢の人間が来て嘆願されても困るということなのでしょう」

なるほどと、るいはうなずいた。神様だって、重荷に思うことはあるのだ。

「じゃあ、浅草にそのお社があるというのは……」

「ああそれは、やはり目をお返しいただいた時に、お訊ねしたのでございます。御使い様がいらっしゃるお社に私もお詣りしたいと存じますので、お差し支えなければ所在を教えていただけませんでしょうか、と」

——あさくさ。

そう返事があったという。

「とはいえ、浅草と言っても広うございます。私一人で探すのはいささか心許なかったものですから、申し訳ありませんがるいさんにも同伴をお願いしたわけでして」

「わかりました。そういうことならまず、そのへんの人に訊いてみましょう。まかせてください！」

言葉どおり、るいは張り切って、見かけた人間に片《かた》っ端《ぱし》から声をかけた。すぐ目の前にあった下駄屋《げたや》の主人と客や、同じ並びにあった長屋のおかみさん連中や、路地で商売をしていた青物売り、通りかかった通行人、木戸番小屋《きどばんごや》の親父《おやじ》にも訊いてみた。

しかし、浅草で眼病に御利益のあるお社を知りませんかと問うても、皆、あやふやに首をかしげるばかりである。とすれば、浅草寺の門前界隈ではないのだろう。

場所を替えてまた訊いて回ってということを繰り返しているうちに、気がつけば山谷《さんや》堀《ぼり》の近くまで来ていた。

「お疲れでしょう。少し休みましょうか」

「大丈夫ですよ。さっき、お昼に蕎麦《そば》を食べたばかりですし」

るいは強がって言った。実は歩きづめで、足がだいぶ草臥《くたび》れている。寿安はいえいえと首を振って笑うと、耳をすませるようにしてから「あちらに」と杖で道端《みちばた》を示した。

そこに本当に水茶屋の看板が出ていたものだから、るいは目を丸くする。

「私が喉が渇いたものですから、おつきあいください」

「……なかなか見つかりませんね」

茶店の床几《しょうぎ》に腰を下ろし、運ばれてきた茶で喉を潤《うるお》しながら、るいはふうと息をついた。手当たり次第に人に声をかけていたせいで、喉ががらがらする。熱い茶は、ありがたかった。

そうして、ああいけないと思い、急いで言葉を継いだ。

「でも、御使い様が浅草だって言ったのなら、絶対にお社はあるはずですから。この辺りで訊いてみて、それから今戸橋《いまどばし》のほうまで行ってみましょう。それとも、もう一度門前まで戻って東のほうを探したほうがいいかしら……」

「ありがとうございます」

寿安は手にしていた湯呑みを床几に置くと、微笑をるいに向けた。こちらは疲れた様子もなく、ここまでの足取りもしっかりと強いままだ。やっぱり普段から按摩の腕ひとつであちこちを巡っている人だけあって、足腰の鍛え方が違うんだわと、るいはひそかに感心していた。

「でも、必ずあるはずのものが見つからないとしたら、それはもう縁がなかったということでございましょう。それはそれで仕方のないことと思っております」

「そんなことありませんよ」と、るいは思わず大きく首を振った。「まだ浅草中を探したわけじゃないもの。頑張って探せば、きっと見つかります」

寿安の命を助けた相手だ。縁がないわけがない。休んだから足の疲れはとれたし、お天道様《てんとさま》はまだ高い。なんとしてもお社を見つけなきゃと、るいは勢い込む。

勢い込んだついでに、よおし、と床几から立ち上がった。肺いっぱいに息を吸い込むと、

「このあたりにっ、目の病気に御利益のあるお社はっ、ありませんか――！」

両手で口のまわりを囲うようにして、通り中に聞こえるような大声を張り上げた。一

人一人に訊いて歩くより、きっとこのほうが早い。

「どなたか、ご存じありませんか——っ。目の神様のっ、お社です！　どなたか——！」

たまたま通りかかった人々が、ぎょっとしたようにこちらを見る。寿安もさすがに驚いたようで、るいさんるいさんと彼女の腕に手をかけた。

その時だ。

「そりゃ、生目様《いきめさま》のことかね」

すぐ後ろから声がかかった。えっとるいは振り返る。同じ茶店にもう一人いた客と、目が合った。

「生目八幡様《はちまんさま》のお社なら、この近くにあるよ」

顔に皺《しわ》を刻んだ、白髪の髷《まげ》ももう心許なくなった老人だ。つましい身なりから、その辺の長屋の住人と思われた。

生目八幡様と、るいは小声で繰り返した。初めて聞く神様の名前だけど、いかにもそれらしい。

「お爺さん、そのお社がどこにあるかご存じなんですか」

教えてくださいと頭を下げたるいに、ご存じも何もと老人は皺だらけの顔を緩める。飲んでいたあられ湯の湯呑みと代金を床几に置いて、立ち上がった。

「儂《わし》が下働きに通っている寺の隣さね。小さなお社でね。ちょうど寺に行く途中だったから、あんたらも一緒に行くかい？」


本当に小さなお社だった。

古びた鳥居をくぐれば、猫の額ほどの狭い境内《けいだい》。ほんの数歩の距離で、これまた灰色に古ぼけた賽銭箱《さいせんばこ》と本殿がある。寺社地に並ぶ立派なお寺とお寺の隙間に、その神社が狛犬《こまいぬ》を従えてなんだか申し訳なさそうに収まっている、という風情である。

それでも寂《さび》れた感じがしないのは、きちんと手入れをされているのが見てわかるからだ。本殿の壁にも屋根の瓦にも、破れたり崩れたりしたところはない。境内の雑草はきれいに抜かれ、地面に箒で掃き清めたあとが残っていた。

聞けばここまで案内してくれた老人が、寺の雑用の合間に社の掃除もしていると言う。

「疎《おろそ》かにはできんさ。たくさんの人の目の病を治してくださった、ありがたい神社だ。昔ほどではないにしても、今も遠くからお詣りにくる者はいるのでね」

ほら、と老人が指差したのは、本殿の軒にある扁額《へんがく》だ。それだけ木の色がまだ新しく、黒々とした墨で『生目八幡宮』と書かれてある。つい先日、参拝客が御利益の礼にと額を寄進したとのことだった。

「このお社でございます」

二人して本殿に手を合わせたあと、寿安が小声でるいに囁《ささや》いた。るいは思わず、ぴょんと跳ねるように寿安と向きあった。

「ここですか。本当ですか？」

「ええ、わかります。こちらで間違いございません」

よかったと、るいはほっと肩を下げた。ほらやっぱり、ちゃんと縁はあったのだ。

「こうしてお社に詣ってご挨拶をすることが叶ったのは、ひとえにるいさんのおかげでございます。ようやく念願を果たすことができました。この通り、お礼を申し上げます」

寿安に深々と頭を下げられたのが面はゆくて、るいは慌てて境内を見回した。

「じゃあ、ここに御使い様がいらっしゃるんですね」

いえ、と寿安は呟いたようだ。おそらく、もう……と。

鳥居の外で待っていた老人に、道案内の感謝を伝えると、

「なに、ついでさね」

白髪頭を振ってから、るいと寿安を交互に見やった。

「眼病を患いなさったかね。按摩さんは、祈願するにゃちっとばかり遅いから、そっちの娘さんのほうかね」

「いいえ、この人は私の付き添いです。私は、本日は病に苦しむ知人の代わりに、こちらにお詣りをさせていただきました」

盲目の寿安と、見るからに元気そうなるいとの組み合わせでは、他に誤魔化《ごまか》しようがない。寿安の言葉に老人はそうかそうかとうなずくと、「それなら、その人のために裏のエモンさんにも手を合わせていきなせえ」と言った。

「エモンさん？」と、るいは首をかしげる。

「眼病治癒の生神様と呼ばれたお人さ。まあ、とうの昔に亡くなっていなさるがね。儂がほんの子供の頃のことだから、もう七十年近くも前のことだよ。気性の優しい人で、儂も近所の悪ガキどもと一緒によく遊んでもらったものさ」

そう言われても、老人が年齢のわりにかくしゃくとしていること以外、当のエモンさ

んが何者なのかさっぱりわからない。るいは首をかしげたまま、老人に誘《いざな》われるまま寿安の手を引いて、社の裏手に回った。

雑木林《ぞうきばやし》と隣の寺の塀に囲まれたこれまた狭い空間の片隅に、大人の背丈ほどの高さの石塔《せきとう》があった。

「そいつは、エモンさんが死んだ後に皆が惜しんでここに建てたものでね。今でも生目八幡宮といえばエモンさんてことで、拝みに来る人たちはいるよ」

生神様と呼んでいるからには、ここに祀ったということだろうか。墓のほうは寺にあるという。

「そのエモンさんて、どういう人なんですか?」

るいの問いかけに、老人が覚え書きを諳《そら》んじるようにすらすらと応じたところによれば、エモンさんという人物は何処からか江戸に流れてきて、伝手《つて》でもあったかこの近くの寺に転がり込み、そのまま下働きとして住み込むようになったという。ただし、そういう細かな経緯《いきさつ》は、さすがに当時は子供であった老人が知るよしもなく、大人たちの噂ではそういうことだった、という話である。

エモンさんが寺男になった当時、この社はずいぶん荒れ果てていたらしい。古くからここにあったということ以外は、由緒も、どんな神様が祀られているのかもわからぬまま、ずっと放置されていた。それをエモンさんが見つけて、寺の仕事のかたわらに本殿を修繕し、あちこち整えて今のようにお詣りできるようにまでしたのだと、老人はまるで見ていたように語った。

「なんでもエモンさんの故郷じゃ、生目様ってのはたいそう名の通った偉い神様で、それなのに江戸にあるお社がボロ屋みてえに打ち捨てられたまんまじゃあ、いくらなんでも気の毒だし悲しいし、見過ごしにゃできないってことだったんだろうさ」

するとある日、なんとエモンさんの夢の中に生目の神様が顕れ、その信仰心の篤《あつ》いことを褒めたという。それればかりでなく、エモンさんに霊験《れいげん》を授けるからそれをもって世の眼病に苦しむ人々を救えというお告げまであったというのだ。

その日から、エモンさんは眼病の人々の治療をはじめた。最初は細々と、病を患った人がいると聞けば自分でそちらに出向いて行くくらいだったが、やがて夢のお告げの話が生目八幡宮の名とともに世間に広まると、社には連日のように参拝客が押し寄せるようになった。

「エモンさんは、その人たちから金をとったりはしなかった。自分は死ぬまで寺の下働きをつづけて、生神様と呼ばれるようになっても暮らしぶりは質素なまんまで、けして偉ぶってふんぞり返ったりなぞしなかったよ」

生目様の霊験はまことあらたかで、エモンさんの治療を受けた人は皆、「ありがたいありがたい」と口々に言って帰っていった、苦しめられていた痛みが消えたと泣いて喜ぶ者もいた、中にはほとんど見えなくなっていた目がエモンさんの手が触れただけで見えるようになったという者もいた――と、いよいよ老人の弁には熱がこもって、まるで辻講釈でも聞いているような塩梅《あんばい》になってきた。

「エモンさんという方は、たいそう人々に慕われていらしたのですね」

うなずきながら聞いていた寿安がそう言うと、老人は我に返ったように薄い鬢《びん》のあたりを指でこすった。

「本当のところ、儂はその頃はまだ洟垂《はなた》れの童だったから、エモンさんがどうやって病の人を治したのかはよく知らねえ。けど、エモンさんのところへ来た者たちが、それこそ神様を拝むように手を合わせてエモンさんに礼を言っている姿を、何度も見かけたのは覚えている。だから、生目様の夢の話は嘘じゃあない」

エモンさんは皆に慕われていたよと、老人は寿安にうなずいてみせた。とても優しい人だったからね。大きな手で頭を撫でてもらうと、心がふんわりあったかくなるような人だった。

「そういや、エモンさんはもとはお武家様じゃないかって言ってた者もいたっけな。わけあって身分を捨てて江戸に逃げてきたんじゃないかってさ」

「そうなんですか」

相づちを打ちながら、エモンさんてもしかすると「衛門」さんかしらと思っていたるいは、老人の次の言葉に目を瞠った。

「エモンさんが唯一持っていた贅沢品《ぜいたくひん》が、腰に提《さ》げていた印籠だったんでね。今じゃ町人だってぶら下げちゃいるが、あの頃は印籠なんてお武家様しか持っていないようなシロモノだったから、そういう噂にもなったんだろうよ」

(印籠って……?)

ちらりと横目で見ると、傍らの寿安もそっと懐のあたりを手で押さえている。

「それ、どんな印籠でしたか？」

「そうさね。絵柄はよく覚えちゃいないが、小さいのに凝った蒔絵の装飾がされていたな。綺麗なもんだったよ」

「エモンさんが亡くなった後、その印籠はどうなったんでしょう」

さて、と老人は首を捻る。

「他人の手に渡ったか、ひょっとして遺品だから寺のほうでまだ預かっているのか……なにせ、エモンさんが死んだのはずいぶん急なことだったから、持ち物がどうなったかってのは、わからねえなあ」

「天寿《てんじゅ》をまっとうされたわけではなかったのですか」と、訊ねたのは寿安だ。

「まだそんな歳じゃ、なかったろうよ。若くはねえだろうが、髪もまだ黒々としていたしな。毎日、お詣りに来た者に会って治療して、無理がたたって心の臓が止まっちまったんじゃないかって、弔《とむら》いの時に誰かが言っているのを聞いた気はするよ。ほんとに、それくらい急なことだった」

老人は昨日のことのように語っているが、考えてみれば七十年も昔の話だ。当時幼かった老人の記憶はおそらく曖昧で、他人から聞いた話や噂をそうと信じ込んでいる節もあるだろう。……それでも。

るいはあらためて、目の前の石塔に手を合わせた。

死んだ後までも、この人に救われた人はいた。それは本当だ。

「そろそろ帰りましょうか、寿安さん」

しかし、るいが声をかけても寿安は動かなかった。考え込むように頭を傾けている。いや、もう見慣れた、周囲の気配を探ろうとじっと耳をすませる仕草だ。

つかぬことをお訊ねいたしますと、ややあって寿安は言った。

「あそこにあるのは、お墓でございましょうか」

そう言って指差したのは隣接する寺の塀、その下の青々とした草むらである。見れば一箇所、地面を掘り返したような跡があって、そこに拳ほどの大きさの石が幾つか、一尺（約三十センチ）ばかりの高さに重ねて積まれていた。

「よく気がついたもんだ。按摩さん、あんた本当は見えているんじゃないのかね」

一瞬だけ疑《うたぐ》るような顔をしてから、老人は頭を掻いた。

「墓は墓だが、あそこに埋まっているのは狸《たぬき》さ」

「えっ、狸……？」

どうして狸がと、るいは目を丸くする。

「何日か前に、どこから来たんだか狸が一匹、そこで死んでいてね。ほら、ちょうどエモンさんの石塔の台座のところさ。奴《やっこ》さん、台座の上に顎をちょいと載っけるみたいにして、冷たくなっていやがった」

「それを葬ったのでございますか」

「そのままうっちゃっとくわけにもいかねえからさ。……狸となると、エモンさんとは因縁があるからなあ」

老人が言うには、ある時エモンさんのいる寺の境内に、子狸が迷い込んだことがあった。親狸とはぐれたか、縁の下で震えていたその子狸にエモンさんは自分の食べ物を分け与え、世話をしてずいぶんと可愛がっていたという。

「儂が見た時にはもうすっかり大人の狸になっていたが、まるで犬コロみたいにエモンさんに懐《なつ》いて、いつもそばにいたよ。――それが、エモンさんが死んだ後は、ふいとどこかに消えて、二度と姿を見せなかった。もちろんあの時の狸が、今も生きてるわけはねえ。けど、よその狸だろうがここで死んでいたのなら、近くに埋めてやってもエモンさんも否とは言わねえだろうと思ってね」

その時、社のほうで人の気配がした。誰かが参拝に訪れたらしい。ちょいと見てくると言い置いて老人は足早に立ち去り、るいと寿安は石塔の前に取り残された。

急に静かになったその空間は、囲まれていても風の通り道はあるようで、時おり雑木林の木々がさらさらと揺れて音をたてた。頭上まで野放図《のほうず》に伸びた枝葉の隙間からこぼれ落ちた陽が、二人のまわりで眩《まぶ》しく躍った。

寿安は石塔を拝んでから、杖を操って塀際の草むらへと足を向けた。迷いない足取りで積まれた石の前まで来ると、地面に膝をついた。

「長いご縁でございましたね」

手を合わせて、静かに話しかけた。

「目は確かにお返しいただきました。神様の御使いのお役目は、さぞ大変なことでしたでしょう。お疲れ様でございました」

寿安の傍らに立って、るいは小さく息をつめる。そうか、と思った。そういうことだったんだと、しみじみと胸にせまるものがあった。

と、少し離れたところで作蔵が塀から手を出して、ひょいひょいとるいを招いた。何事かと近寄ると、作蔵は今度はにゅうと顔を突きだして、

「おいおい、まさか全部、狸の仕業だったってのかよ」

こそこそと囁いた。

「うん、そう。御使い様は、エモンさんが飼っていた狸だったのよ」

るいも声をひそめた。

「けどよ、狸ってなぁ、そんなに長生きするもんか？　古狸か？　化け狸か？」

「どっちでもないわよ。神様の御使いなら、神通力があって長生きしたって不思議じゃないもの。それに、エモンさんのことを慕っていたから、エモンさんと同じように病の人を助けたくてうんと頑張ってたのよ、きっと」

「へえ、おめえにそんなことがわかるのかよ」

「わかるわよ。だってお父っつぁんと同じだもの。お父っつぁんだって、あたしのために壁の妖怪になってまで、この世に居残ってくれてるんでしょ？」

う、と作蔵は唸った。

いいから戻ってとるいが両手で押し戻す仕草をすると、作蔵は妙にきまり悪げに口の中でごにょごにょ言いながらも、おとなしく塀の中に引っ込んだ。

お父っつぁんたらと、るいはちょっと口を尖らせる。しみじみとしていたのに、台無しだわ。いくら声をひそめたって、きっと寿安さんには全部聞こえていたに違いない。

やだ、あたしったらお父っつぁんのことを、壁の妖怪って言っちゃった。

まあいいかと、るいは息をついた。ここまできて隠すことじゃないし、寿安さんもお父っつぁんのことはもうわかっている気がするし。

「るいさん」

寿安は拝んでいた手を下ろすと、立ち上がった。るいは慌てて、彼のところに戻った。

「御使い様は最後に、主に会いに行くと言っていたのでございますよ」

役目を終えたらどうされるのかと、寿安は訊ねたらしい。

「その主というのは、どなただろうと思っておりました。お仕えしている神様のことではないような気がして」

御使いを名乗った狸は、その時もやはり、幼い子供のように拙い物言いだっただろう。うまく動かない舌で懸命に人間の言葉を絞り出して、でも多分嬉しそうに言ったことだろう。——ずっと昔に可愛がってくれた優しい人間に、会いに行くのだと。

「じゃあ、きっともうエモンさんに会えましたよね」

るいが言うと、ええ、と寿安は深くうなずいた。

先ほど寿安がそうしていたように、るいは狸の墓の前にしゃがんで、手を合わせた。

そうして、胸の内で話しかけた。

——九十九字屋に寿安さんの目を届けてくださったのが、この世の最後のお役目だったんですね。

——長い間、本当にお疲れ様でした。


戻って来た二人を見て、老人が鳥居の外から「もういいのかね」と声をかけてきた。

「狭い場所でかち合うのもどうかと思って、この人にはここで待っていてもらったよ」

後から参拝に訪れたのは、商家のお内儀さんらしい品のよい中年の女性だった。顔馴染みなのか、老人と立ち話でもしていたらしい。

るいと寿安に会釈をして、入れ違いに社の裏へ回ろうとした女性は、だが二人とすれ違ったとたんにはっと小さく息を呑んだ。驚いたように、もう一度、寿安の顔に目を凝らした。

女性のただならぬ表情に、るいも思わず立ち止まる。同時に寿安も足を止めた。

「あの、どうかされましたか?」

るいが訊ねると、女性はふいに我に返った様子である。

「あ、いえ……申し訳ございません」

恥じ入るように言って、慌てて目を逸《そ》らせた。

「そちらの方とはどこかでお目にかかったような、よく知っているような、妙に懐かしい気がいたしまして」

「私でございますか」と、寿安。

「ええ。でもそんなはずはありませんわね。思い違いをしたのでしょう。失礼をいたしました」

今度は丁寧に頭を下げて、女性は通り過ぎた。

「すみませんが、今のご婦人はどちらの？」

考え込むようにしてから寿安が訊くと、神田佐久間町《さくまちょう》で足袋屋《たびや》を営むあさひ屋のお内儀だと老人は答えた。

「あん人の娘が嫁ぎ先で生んだ男の子が、先日目の病を患って、ついには目が見えなくなっちまったとかで。まだ五つだっていうから、気の毒なこった。それであん人はああして、三日に一度はここにお詣りして、孫を助けてほしい、目が見えるようにしてやってほしいって、生目の神様とエモンさんにお願いしていなさるんだよ。なんでも昔、あん人の親父さんが同じ病でやっぱり目が見えなくなって、その時にここにお詣りしたら塩梅が良くなったってことがあったそうでね」

それは可哀想にとるいは思ったが、寿安のほうは表情を硬くして一心に何か考え込んでいる様子である。

「その父親という人のことは、何かご存じでしょうか」

いや、と老人は首を振る。

「その頃は儂もまだ若くて、寺の下働きなんぞしていなかったからな。よそにいたもんで詳しくは知らんが、あん人からぼちぼち聞いた話じゃ、親父さんがあん人の花嫁姿を見るまではってこの社に祈願したら、本当にその通りに、婚礼の日までは目が見えていたっていうのさ。その親父さんもとうに鬼籍に入っているが、生前はここの神様には感謝してもしきれねえって、よく口にしていたそうで」

あれ、とるいは首をかしげた。

娘が嫁ぐその日までという、その話は――。

「そうでございましたか」

寿安は静かに言った。

「ならば今度も、きっと生目八幡様のご加護がありましょう」

そうして頭を下げると、何事もないように歩き出す。るいももう一度老人にお礼を述べてから、彼を追った。

「あの、寿安さん」

ずいぶん迷ってから口を開いたのは、生目八幡宮の鳥居もすっかり見えなくなってからだった。

「さっきの、あさひ屋のお内儀さんのお話って、もしや……」

はいと寿安はうなずいて、晴れやかな表情を見せた。

「もうお孫さんもいらっしゃる歳になられたのですね。健《すこ》やかにお過ごしだったようでよかった。何よりでございます」

思わずるいは、ほうと息を吐いた。

ああ、やっぱり。あの人は、寿安さんが話していた、寿安さんが十年の間他人に貸した目を通して見守ってきた、女の子だ。その子が嫁いだ後、今はああして立派なお内儀さんになって彼の前にあらわれたんだ。

「こんなことって、あるんですね。すごい奇遇《きぐう》だわ」

「これが縁というものだと思えば、不思議なことは何も。ただ、今日のこのご縁を引き寄せることができたのは、あなたのおかげでございますよ、るいさん」

「え、あたしですか？」

寿安の傍らを歩きながら、るいはきょとんとした。

「あなたが茶屋で声をあげてくださらなければ、私は生目様のお社に易々《やすやす》とはたどり着くことができなかった気がいたします。ようやくお社を探しだしたとしても、その時にはもう、案内してくれたご老人にも、あの婦人にも巡り会うことはできませんでしたでしょう。エモンさんのことも、御使い様のことも、ついぞ知らぬままでいたかも知れません」

だからるいが引き寄せた縁なのだと、寿安は言う。

「あなたはそういう、引きの強い方なのでございましょう」

「引き？」

「大事なものはちゃんとおのれで引き寄せる、そういう命の力の強い方だということです」

よくわからないが、別段、悪いことを言われているわけでもなさそうなので、るいはうなずいた。

「はい、まあ、無駄に元気ですので」

寿安は足を止めると、くっくっと笑い声を漏らした。身体ごとるいのほうを向いて、

「やはり、お声の通りの方でございますね。――いえ」

まだ笑っている。

「一度お顔を拝見した時に、きっとそういう方なのだろうと思っておりました」

「え？」と、るいはまた目を丸くした。

「あたしの顔を、ですか？　でも……」

「私の目玉と目が合って、ずいぶんと驚いておられたでしょう」

あっと、るいは声をあげた。店の表にあった印籠の中をのぞき込んだ、あの時――。

「印籠の中で目玉がきょろりって……じゃあ、あの時に？」

「はい、あなたが見えたのでございますよ。私はてっきり、ご店主が祝言をあげられたのだとばかり。あの人にもそんな人間らしいところがあるとはと嬉しく思いまして、あなたに実際にお会いするのを楽しみにしておりました」

「それで……」

――もしやお内儀さんでいらっしゃいますか。

「ほ、奉公人ですみません」

るいは両手で自分の頬をぱちぱちとはたいた。寿安に顔を見られていたと思うと、なんだかこそばゆいというか、妙に気恥ずかしい。別に恥じることではないのだけれども。

いえいえと首を振り、寿安はいっそう深く笑む。杖を操ってまた歩きだした。

大川縁に出た頃に、陽射しがやや翳《かげ》った。目の上に手をかざして、るいは空を見上げる。綿のような雲がひとかたまり、お天道様を遮《さえぎ》って空を流れていった。視線を下げて広い流れの向こう岸に目をやれば、墨堤《ぼくてい》の長閑な風景。つい一ヶ月ばかり前には満開の桜に縁取られていた堤も、今は初夏の鮮やかな緑に変わっていた。

雲が行き過ぎ、陽がまた射した。足もとの影が長くなっている。今の時期は昼間が長いから、暮れるまでには北六間堀町に着くことができるだろう。

るいさん、とだしぬけに寿安は口を開いた。

「はい」

「あなたから見て、九十九字屋のご店主はどのような方ですか」

「冬吾様ですか?」

突然に訊かれて、るいは考え込む。冬吾様がどんな人かというと——。

「そうですね。まず、威張りん坊です。そりゃ、眼鏡を外すとその へんの役者よりよっぽど見栄《みば》えのする顔ですけど、それを帳消しにしちゃうくらい愛想なしで、いつも不機嫌そうで、口を開けば皮肉や嫌味ばっかりだし、突《つ》っ慳貪《けんどん》だし横柄《おうへい》だし、初めて会った時なんてもう半分喧嘩《けんか》みたいになって」

ほうほうと寿安はうなずいている。

「でも、本当はとても優しい人です」

それはとてもわかりにくい優しさだけれども。ずっと九十九字屋で働きたい、冬吾のそばにいたいと思う理由なんて、それひとつで事足りる。

「ああ、それをお聞きすれば、十分でございます」

柔らかく耳に沁《し》み入るような声で、寿安は言った。

「るいさん。私がこんなことを申し上げるのも、おかしなことと思われるでしょうが。——この先も、ご店主のことをよろしくお願いいたします」

三

ようやく九十九字屋に帰り着いた時には、もう店を閉める時刻になっていた。

さすがにくたくただったのでるいはそのまま筧屋に戻ったが、寿安は店に留まって遅くまで冬吾と話をしていたようだ。翌朝るいが店に出てきた時には、冬吾は部屋でまだ寝ており、寿安の姿はすでになかった。夜明け前に出立《しゅったつ》したとナツから聞いて、挨拶もできなかったとるいは肩を落とした。

「あんたによろしくと言っていたよ。なに、どうせまた五年か十年ほどしたら、顔を見せに来るだろうさ」

と、土間の上がり口に座って前肢《まえあし》でくるりと顔を洗いながら、ナツは慰《なぐさ》めにもならないことを言った。その動きにあわせて、首の鈴が揺れてちりちりと涼しい音をたてる。細工の綺麗な銀の鈴で、ナツはたいそう気に入っているらしく、このところ猫の姿でいることが多いのもそれを自慢したいからじゃないかしらと、るいはこっそり思っていた。一度「その鈴、どうしたんですか?」と訊いたら、「内緒」と言われてしまったけれど。

「冬吾はどうせ昼過ぎまで起きてこないだろ。昨夜は二人して、ずいぶんと話し込んでいたからねえ」

おかげでこっちまで眠いったらないよと、ナツは小さく欠伸《あくび》をして見せた。

「それで、神様の御使いってのは狸だったんだって？　――狸ってのはもともと情の深い生き物だっていうけど、要はエモンて男のためにその役目を引き継いで、何十年も社を守っていたわけだろ。一途《いちず》な話じゃないか」

「はい。あたしもそう思います」

だけどさ、とナツは少し声を落とした。ちょいと気の毒な気もするよ、と。

「だいたいその狸は、どうやって御使いになったんだろうね。エモンと同じに神様から拝命されたのか、そうなりたいと自分で望んだら願いが叶ったってことなのか」

どちらでもいいけどさと、ナツは物憂《ものう》げに言う。

「神様ってのは御利益もあるけど、つきあい方を間違えると怖い相手だ。あんたもお気をつけ。……まあ、これはあたしがあやかしだからそう思うってだけかも知れないけど」

「怖いって……祟《たた》るとかですか？」

確かにあんがい融通がきかないとは思ったけどと、るいは首をかしげた。

「そんなあからさまなものじゃなくたって、霊験だの神気《しんき》だのってのは、たいてい人にとっては強すぎるものなんだ。それこそ神職《しんしょく》みたいにきちんと修行を積んで、神様との係わり方がわかっていなきゃ、そのへんの人間じゃ力に負けちまう。それをぽんと与えられたら、命を縮めるのも当たり前さ。神様のほうは、どうもそんなことには頓着《とんちゃく》してないみたいだしね」

そうなのか。だからエモンさんはある日突然、死んでしまったのか。神様の力にあてられてしまったのか。

「狸のほうは逆に、神様の力と相性がよかったのかも知れないね。狸なんて生きてせいぜい十年てところだろうに、人間なみの寿命をもらっちまったんだから」

そう聞くとなんだか空怖ろしい気になって、るいは口もとをへの字にした。そんな顔をするんじゃないよと、ナツは苦笑するような声を出す。

「生目八幡様というのは、力の強い、立派な神様なんだろう。社に詣でたたくさんの人間が救われているんだから。げんに、寿安だって命を助けられている。――あたしが言っているのは、どの神様でも御利益が欲しけりゃ、人間のほうでいいも悪いもちゃんとわきまえてなきゃいけないってことさ」

　はい、とるいは殊勝にうなずいた。

「まあその意味じゃ、寿安が自分の目を手放すことにしたのは正しいよ。ヘタすりゃこのまま、次の御使いの役目をおっつけられかねないものね」

　どういう意味かとるいが首を捻ると、それは冬吾に聞いておくれと言って、ナツはまた欠伸をした。


　冬吾が起き出してきたのは、やはり昼を過ぎてからであった。

「寝過ぎです、冬吾様。寿安さんはとっくに発《た》たれたってのに」

　気怠そうに縁側に腰を下ろした冬吾に熱い茶と、気を利かせて筧屋からもらってきた握り飯を出すと、るいはその隣に座った。

「年がら年中流浪している奴と一緒にするな。体力が違う」

　それはるいも昨日、身に沁みたことだ。

「ところで、お訊ねしたいことが」

「なんだ」

「寿安さんの目は、うちの店で買い取ったんですか?」

「いや。結局あいつが持っていった」

あれれとるいは首をかしげた。

「ナツから何か聞いたのか」

「はい。寿安さんは目を手放すことにしたって。それでてっきりうちで商ったのかと」

冬吾は湯呑みに口をつけて、熱いと唸った。

「熱湯か、これは? 寿安の目のことなら、神田佐久間町のあさひ屋だったか、そこのお内儀に渡すと言っていたぞ」

「眠気覚ましです。——え、あさひ屋のお内儀さん?」

「孫が眼病を患ったそうだな。寿安の目があれば、見えるようになるだろう」

るいははっとした。

——ならば今度も、きっと生目八幡様のご加護がありましょう。

もしかしたらあの時にはもう、寿安はそのつもりでいたのかも知れないと思った。

だけど。

「寿安さんの目を借りた人たちは、その分の自分の寿命を引き替えにしたんですよね。

それは」

孫だという子供は、確か五歳と言っていた。とすると、どうなるんだろう。引き替えにするのはこの先の十年？　二十年？　もっとだろうか。

「代償はとらないと、寿安は言っていた。貸すのではない、その子に自分の目を譲るつもりだと。それなら、問題はあるまい」

ふうふうと息を吹いてどうにか、飲めるくらいに冷ましたらしい。冬吾は茶を一口、啜《すす》った。

「持ち主が譲ると言うのなら、あの目はもう死ぬまで一生、その子のものだ。タダでくれてやると持ち主が言った品に、金を払う必要はない」

そうか。――それでいいんだ。

御使い様が返してきたものなのだから、目はもう寿安さんのもので、それをどういう目的に使ったところで、それこそ神様だって文句は言えないはずだ。そう思ったら、るいはなんだか肩のあたりから、ふうっと力が抜けた気がした。

「まあ、もしかするとその子にやった目を通して、またなんぞ見えるかも知れんがな」

それはたいしたことではないと、寿安は言ったらしい。どうせこの先、どれほど生きたところで自分の寿命は、子供のそれに比べればずっと短いはずだ。あの世に旅立つまでの楽しみが増えたと思うことにいたします、と。

(そういえば寿安さんは、自分が歳を取らなくてあの外見のままだった理由を、冬吾様に話したのかしら)

訊いてみようかと思ったが、ぐっと堪えた。

——他の人には言わないでくださいまし。

ならば、少なくともるいの口から言ってはいけないことだ。

「お茶ばかり飲んでないで、握り飯も食べてくださいよ。今日は朝餉だって召し上がっていないんですから」

「まったく、女房でもあるまいし——」

言ってから冬吾は急に黙り込み、しばし固まったみたいになってから、ぼそりと声を漏らした。

「喩えだ」

「はははいっ、わかってます、もちろんですとも!」

るいは真っ赤になった顔を、はたはたと手で扇《あお》ぐ。

「……正直なところ、奴の目をうちで引き取らずにすんで、私もほっとしている」

冬吾は咳払《せきばら》いをすると、話をつづけた。

「引き取るとなると、商品として使い方も聞いておかなければならないのでな。だが聞いてしまえば……試してみたくなるかも知れん」

簡単な作法を知っていれば、誰でも目が見えるようにすることはできると、寿安は言った。ならば、たとえ箱に入れて厳重に封印し、蔵の奥底に仕舞《しま》ったとしても、いつかそれを取りだし使ってみたいという欲に抗《あらが》えなくなる時が来るかも知れない。

「寿安にもそれはわかっていただろう。だから迷っていたんだ。寿安は寿安で、あの目を持ち歩いていたら、いつか自分も神の使いと同じ役割を負うことになるのではないかと畏れていたそうだ」

自分の目だと言われても、それはもう、人が持つには重いものになってしまった。なるほど、彼にしても冬吾にしても、荷が重いとはそういう意味だったのだ。

「まあ、これ以上の落としどころはないだろう」

そう言って、冬吾はようやく握り飯に手を伸ばした。

はい、とるいはうなずく。昨日あの社であさひ屋のお内儀さんと出会ったことを、寿安は縁だと言い、その縁をるいが引き寄せたとも言ったけれど、でもやっぱりそれだけではなかったのだろうと思う。

——人間のほうでいいも悪いもちゃんとわきまえてなきゃいけないってことさ。だとしたら、これは「いい」ほうのことなのかも知れない。今回の巡り合わせは、神様の粋な計らいというものかも知れない。

「ああ、そうだ。印籠だけは、うちで引き取った」

思い出したように冬吾はため息をついた。

「と言うより、形見の品だからうちで預かってくれと言われた。まったく、人の好《よ》さそうな顔をして押しの強い奴だ」

ぼやくように言いながら握り飯をたいらげるのを見て、るいは笑いを嚙み殺す。そうして自分でも「あ、そうだ」ということがあったのを思い出して、神妙な顔になった。

「……あたし、本当は昨日、寿安さんに訊いてみようかどうしようかって、ずっと迷っていたことがあったんです」

「何をだ？」

「寿安さんが生まれた家って、きっと生目八幡様のお社の近くですよね」

幼い姉が一人で生目八幡宮に行ったのなら、寿安の実家はあのお社のすぐ近く、多分本当に目と鼻の先にあったに違いない。

「訪ねて行かなくてもいいのかなって」

「行ってどうする。家族がまだそこに住んでいるとは、かぎらんぞ」

「それは……そうですけど」

いや。おそらくもう誰も住んではいないだろう。寿安の本当の年齢を考えれば、二親がすでに亡くなっていても不思議はない。姉という人も、とうに実家を離れて嫁いだ先の人間だ。

「昔のことを知っている人が、近所にいるかも知れませんし」

「実家に未練はないそうだ」

「……え？」

自分も同じことを寿安に訊いたと、冬吾は素っ気なく言った。

――私にとっての親とは、按摩の師匠ただ一人でございます。その師匠が私のために、本当の親はいないものと思えと言ってくれたものを、今さら無下にするわけにはまいりませんでしょう。

それが寿安の返事だったという。

ならば差《さ》し出口《いでぐち》というものだ。勝手に気を揉んで訊いたりしなくてよかったと、るいは思った。

「私としては、寿安がおまえを浅草に伴ったことのほうが不思議だったがな。それについては、おまえと話をしてみたかったからだと言うのだが、意味がわからん」

「そうなんですか？　……あ、そう言えば寿安さんから、この先も冬吾様のことをよろしくって言われました」

「私がおまえに、何をよろしくされるんだ？」

さあ、とるいは首を捻った。

「しっかり奉公して、店を支えろってことかしら」

掃除と店番とお使いと、それから帳簿付けと……と、自分の仕事を指を折って確認すると、るいはうーんと唸った。

「あとは、もうちょっと頻繁にお客様が来てくれればいいんですけどねえ」

その時、座敷の隅で丸まって昼寝をしていたナツが大きなため息をついたみたいだったが、それは多分、気のせいだろう。

光文社文庫

文庫書下ろし
生目《いきめ》の神《かみ》さま　九十九字《つくもじ》ふしぎ屋《や》 商《あきな》い中《ちゅう》
著　者　霜《しも》　島《じま》　け　い

2023年3月20日　初版1刷発行

発行者　三　宅　貴　久
印　刷　萩　原　印　刷
製　本　ナショナル製本

発行所　株式会社　光　文　社
〒112-8011　東京都文京区音羽1-16-6
電話 (03)5395-8149　編　集　部
8116　書籍販売部
8125　業　務　部

ISBN978-4-334-79511-5　Printed in Japan

組版　萩原印刷